# Die Wölfe des X-Clans

Andorra Sektor
Das Experiment
Pfeil des Winters

I0608476

„Sie haben mich nie erwischt", flüsterte sie und blickte durch ihre dichten, blonden Wimpern zu mir auf.

„Bis auf mich."

„Bis auf dich", stimmte sie zu und wölbte sich mir entgegen. „Mein Zyklus beginnt bald. Beim nächsten Vollmond."

„Ich weiß." Das war ein weiterer Unterschied zwischen Ash Wolf Omegas und X-Clan Omegas. Unsere Omegas durchliefen den Zyklus in ihren eigenen Intervallen, aber nicht Daciana. Sie wurde jeden Monat für mehrere Tage am Stück läufig.

Ohne einen Alpha, der ihr Verlangen befriedigte, würde es ihr Schmerzen bereiten. Ich konnte mir nicht einmal vorstellen, was sie durchmachte, während sie sich jeden Monat versteckte, um ihr Rudel zu meiden.

Kein Wunder, dass sie all die Schmerzen im Labor ausgehalten hatte. Dieses Weibchen war ermutigt durch ihre Vergangenheit und abgehärtet durch ihre notwendigen Entscheidungen. Eine starke Omega. Meine perfekte Gefährtin.

„Wirst du mir helfen, das durchzustehen?", fragte sie leise. „Oder soll ich nochmal weglaufen und mich verstecken?"

„Du könntest es versuchen", antwortete ich, beugte mich hinunter, um meine Nase an ihrem Kiefer entlangzuführen und meine Lippen gegen ihr Ohr zu pressen. „Aber ich würde dich wieder jagen, dich finden und dich ficken, bis du mich anflehst, aufzuhören."

Sie erschauderte und ihre feuchte Mitte überzog meinen Schwanz mit einer neuen Welle feuchter Erregung.

*Hm, es scheint, als würde ihr der Gedanke daran gefallen …*

Das Pulsieren meines Knotens zeigte, dass der Gedanke mir gleichermaßen gefiel.

„Ich weiß nicht, ob ich dir jemals sagen könnte, dass du aufhören sollst", murmelte sie und hielt sich an meinen Schultern fest. „Knurre einfach nicht. Bitte."

Meine Zunge kreiste an ihren Hals und schwelgte in dem gleichmäßigen, schnellen Pochen, der unter ihrer Haut trommelte. *Wenn ich sie beanspruchte, würde ich sie hier beißen,* dachte ich und ihr leichtes Zittern bestätigte, dass sie das wusste.

„Kein Knurren", wiederholte ich und nahm ihr Limit zur Kenntnis. „Irgendwelche anderen Wünsche, Daciana?"

„Kein Teilen." Die Worte waren so leise, dass ich sie fast überhörte.

„Niemals", sagte ich und zog meine Zähne an ihrem Hals entlang, bevor ich meinen Kopf hob und ihren Blick mit meinem eigenen erwiderte. „Ich würde dich niemals teilen."

# DAS EXPERIMENT

## DIE WÖLFE DES X-CLANS

USA Today Bestsellerautorin

# LEXI C. FOSS

*Das Experiment*

Copyright © 2021 Lexi C. Foss

Deutsche Übersetzung: Well Read Translations

Umschlaggestaltung: Jay R. Villalobos mit Covers von Juan

Herausgegeben von: Ninja Newt Publishing, LLC

eBook:

ISBN: 978-1-954183-66-7

Taschenbuch:

ISBN: 978-1-954183-67-4

❀ Erstellt mit Vellum

*An die Leser, die das alles möglich machen.*

*Ich habe diese Novelle für mich selbst geschrieben, weil ich wissen wollte, was zwischen Daciana und Elias im Andorra Sektor passiert. Diese eigenständige Novelle ist ein Einblick in meinen kreativen Prozess, wenn ich den Stimmen erlaube, die Regeln zu diktieren. Ich hoffe, Sie genießen diese Geschichte.*

# DAS EXPERIMENT

## DIE WÖLFE DES X-CLANS

# DAS EXPERIMENT

## DIE WÖLFE DES X-CLANS

### Daciana

Ich bin eine Tauschgabe. Ein Test. Ein Teil eines
Abkommens, von dem ich wenig weiß.
*Flieg zum Andorra Sektor.*

*Erlaube ihnen, zu experimentieren.*
*Paare dich mit einem X-Clan Wolf Alpha.*
*Hoffe auf das Beste.*

Das sind meine Befehle. Das ist mein Schicksal, meine
gegenwärtige Existenz.
Ich kann nicht fliehen, und der Mond ist ein Zeitdiktat, was
ich nicht ignorieren kann.
Einer dieser Alphas wird mich holen, vorausgesetzt, unsere
Gene stimmen überein.
Und wenn nicht …
Nun, dieses Schicksal wäre schlimmer als der Tod.

*Tick tack …*
*Triff eine Auswahl.*
*Deine Zukunft hängt davon ab.*

### Elias

Die hübsche, kleine, blonde Wölfin hat für ihre jungen Jahre
schon zu viel Schmerz erlebt.

Das bringt mich dazu, sie binden zu wollen.

Um sie anzubeten.

Um ihr zu zeigen, dass es auch Gutes in dieser Welt geben kann.

Aber unsere Zukunft ist in ein Experiment verwickelt.

Entweder ist sie kompatibel, oder sie ist es nicht. Der Mond wird unser Schicksal bestimmen, oder vielleicht wird mein innerer Wolf für uns entscheiden, denn mit jedem Moment, der vergeht, wird es schwieriger, die Frau nicht zu beanspruchen, von der ich in meinem Herzen weiß, dass sie mir gehört.

*Lauf, lauf, Kleine.*

*Schau nicht zurück.*

*Wenn ich dich erwische …*

*Vielleicht beiße ich ja …*

**Anmerkung der Autorin**: Dies ist eine eigenständige Novelle mit Charakteren aus Andorra Sektor, Buch 1 der X-Clan-Reihe. Sie enthält Elemente aus dem Omega-Verse und hat ein Happy End.

# PROLOG

# DACIANA

Lieber Mensch,

Du musst folgendes wissen: Die Alphas machen die Regeln und die Omegas gehorchen. Die Betas tun das auch, aber in dieser Geschichte geht es nicht um sie. Es geht um mich und wie ich in einem Sektor weit weg von meiner Heimat gelandet bin.

Die Alphas des Sektors wollen meine Paarungsfähigkeit testen, um den wahren Wert einer Ash Wolf Omega für einen X-Clan Alpha zu bestimmen.

Einer von ihnen wird mir seinen Knoten aufzwingen, was eigentlich nur eine verherrlichende Art ist, zu sagen, dass er mich tagelang nehmen wird, um sicherzustellen, dass ich genug von seinem Samen aufnehme. Ich werde es akzeptieren, weil es keine andere Wahl gibt.

Man sagt, diese Welt sei dunkler als die alte, vor der Infektion, die neunzig Prozent der Menschen tötete. Nicht, dass ich viel darüber wüsste. Ich bin eine Gestaltwandlerin aus der aktuellen Zeit, nicht aus der früheren. Der Machtkampf in meinem Clan ist real. Ich weiß, wie man sich unterwirft. Ich weiß, wie man alles hinnimmt. Und ich weiß auch, wie man wegläuft.

Werde ich meinem Schicksal entkommen? Oder werde ich kopfüber hineinrennen?

Die Zukunft bleibt ungewiss.

Willkommen im Andorra Sektor, wo die Wölfe gefährlicher als die Infizierten sind, die außerhalb der Glaswände lauern. Beide Spezies haben eine Sache gemeinsam ... sie beißen gerne.

Wünscht mir Glück,

Daciana

# DACIANA

ICH KONNTE NICHT AUFHÖREN zu zittern. Alles fühlte sich falsch an. Dieser Ort. Der Geruch. *Die Männchen.*

*Oh Gott* ... Die Alphas hier wollten mich lebendig auffressen. Ihr Verlangen verursachte tief in mir einen Schmerz, den ich mit jeder Faser meines Seins bekämpfte. Es würde als Einladung angesehen werden, wenn ich auf sie in irgendeiner Weise reagiere, und das würde nicht gut für mich ausgehen.

„Gib mir deinen Arm", forderte der Arzt.

Ich gehorchte, weil ich immer gehorchte. Omegas unterwarfen sich. Alphas herrschten. Betas existierten einfach.

*Wäre ich nur als Beta geboren worden.* Das war ein Gedanke, den ich unzählige Male in Betracht gezogen hatte. Nicht, dass ich etwas an meinem Status ändern konnte.

Die Nadel stach in meine Vene und mir wurde eine weitere Blutprobe entnommen. Wenigstens haben sie mir heute nicht zwischen die Beine gegriffen. *Das* war eine unangenehme Untersuchung. Die zierliche blauhaarige Omega, die diesen Teil meiner Untersuchung geleitet hatte, hatte sich dafür unzählige Male entschuldigt. Ich fragte nichts, obwohl ich unbedingt wissen wollte, wie eine Omega eine solche Position in einem X-Clan-Sektor erhalten hatte.

Die Gerüchte, die sich um die X-Clan-Wölfe rankten, waren vielzählig, vor allem darüber, dass Omegas in ihrer Gesellschaft keinen Status hatten, und sie wie etwas bessere Haustiere behandelten.

Das hatte ich schon vorher gewusst. Ich verstand mein Schicksal. Ich akzeptierte es sogar.

Falls mein Körper kompatibel war, würde ich von einem Alpha-Männchen benutzt werden. Beansprucht. Besessen. Befruchtet und behalten.

Das wäre zwar nicht die Wahl gewesen, die ich für mein Leben getroffen hätte, aber ich wurde ohne Rechte geboren. Eine Ware, mit der gehandelt wird, und der Shadowlands-Sektor-Alpha hatte genau das getan. Sie hatten mich in den Andorra Sektor gebracht, um mich zu testen, zu ficken und schließlich zu besitzen.

Ein Schauer lief mir über den Rücken, meine Sicht trübte sich durch die grelle Deckenbeleuchtung.

Sie nahmen mir ständig Blut ab.

Entnahmen Proben.

Stocherten und stocherten …

Sie sagten mir *nichts*, während sie mich an diesen verdammten Stuhl gefesselt hielten. Oh, sie behaupteten, ich sei keine Gefangene, sie hätten mich nur festgeschnallt, um sicherzustellen, dass ich mich während der Prozeduren nicht bewege, aber ich wusste es besser. Falls ich versuchte zu fliehen, würden sie mich wieder einfangen.

Deswegen auch mein Alpha-Babysitter.

Er stand schweigend neben der Tür, hatte die Hände in seine Jeans gesteckt, und beobachtete alles. Sein unergründlicher, dunkler Blick gab nichts preis. *Elias.* Der Alpha des Andorra Sektors hatte ihn so genannt. Er strahlte Macht aus, was darauf hindeutete, dass er ein hochrangiger Alpha war, vielleicht sogar der stellvertretende Befehlshaber.

Ich wusste es nicht genau, denn er hatte kein Wort mit mir gesprochen, er schnurrte nur gelegentlich.

Es war nur ein subtiles kleines Brummen, das typischerweise dann auftrat, wenn meine Angst ihren Höhepunkt erreichte, und so lange anhielt, bis er mich beruhigt hatte.

Er berührte mich nur, wenn er mich irgendwo hinführen musste. Es war keine tröstende Liebkosung oder ein verführerisches Streicheln, lediglich praktisch und beschützend.

„Ceres", sagte er jetzt, seine Stimme tief und sinnlich. „Ich denke, du hast die Omega für heute genug gequält."

„Es gibt noch vier weitere Tests, Elias." Der Beta-Arzt tippte auf seine Nadel und machte sich bereit, mich erneut zu stechen, aber das Knurren des Alphas stoppte ihn. „Ich sagte, du hast sie für heute genug gequält."

Ich schluckte, denn seine Aggression wirkte wie ein Aphrodisiakum auf meine Sinne. Mein nächster Brunstzyklus rückte mit dem kommenden Vollmond schnell näher. Das war einer der Gründe, warum Dušan mich geschickt hatte.

Ein Test, um zu sehen, ob sich ein X-Clan Alpha mit mir paaren könnte.

Gott, das würde weh tun. Ich würde wahrscheinlich vor Schmerz ohnmächtig werden, und er würde mich weiter begatten, ungeachtet meiner Angst und Qualen.

Alphas interessierten sich nur für eine Sache … Neues Leben zu erschaffen.

Nun, und natürlich jedem zu sagen, was zu tun ist.

Dieser Teil war ihnen angeboren.

Ich nahm einen bitteren Geschmack wahr, als sich die beiden Männchen gegenseitig anstarrten. Es dauerte nicht lange, bis der Beta-Arzt nachgab, denn Elias war eindeutig der dominantere der beiden.

„Schön", schnauzte Ceres zurück und legte seine medizinischen Geräte ab. „Ich will, dass sie in aller Frühe zurückkommt, um die verlorene Zeit wieder aufzuholen."

„Sie kommt zurück, wenn sie dazu bereit ist", erwiderte Elias und stieß sich von der Wand ab. „Du hast sie sowieso schon praktisch ausgelaugt. Wie viel könnte sie noch ertragen?"

„Du bist ein Kommandant, Elias. Ich sage dir nicht, wie du deinen Job machen sollst, also versuche nicht, mir zu sagen, wie ich meinen machen soll, ja?" Ceres verließ den Raum, ohne eine Antwort abzuwarten. Die Tür knallte auf dem Weg nach draußen zu.

Elias zog eine seiner dunklen Augenbrauen hoch und stieß einen Atemzug aus. „Arschloch", murmelte er, bevor er sich wieder auf mich konzentrierte.

Ich bewegte mich nicht, weil ich es nicht konnte. Ceres hatte mich an den Tisch festgeschnallt und nur meine Arme frei gelassen. Obwohl ich mich eigentlich selbst hätte befreien können, wagte ich es nicht.

Elias näherte sich, sein Fokus lag auf den Gurten, mit denen ich festgebunden war. „Darf ich?", fragte er und begegnete kurz meinem Blick.

Meine Stirn legte sich in Falten. *Hat er wirklich gerade um Erlaubnis gebeten, mich zu berühren?* Nein, auf keinen Fall. Er muss das rhetorisch gemeint haben.

Aber als ich nicht antwortete, sah er mich wieder an, diesmal mit einem Hauch von Irritation in seinem Blick. „Willst du lieber die ganze Nacht hier liegen?"

„N-nein", stammelte ich.

„Nein, du willst die Gurte nicht abnehmen? Oder nein, du willst nicht die ganze Nacht hier liegen?" Er war wirklich ein gut aussehender Mann. Mir gefiel besonders, wie das Licht mit den kaffeefarbenen Strähnen seines ansonsten dunkelbraunen Haares spielte.

*Wie würde er wohl als Wolf aussehen?*, fragte ich mich unwillkürlich. *Kräftig, dunkles Fell, sinnliche Augen.*

„Daciana", forderte er und lenkte meine Aufmerksamkeit mit einem Schaudern zurück auf ihn.

„O-oh. Entfernen. Bitte." Ich schluckte. „Tut mir leid." Ich schloss die Augen und war verärgert über mich selbst, wie erbärmlich ich klang. Alphas schüchterten mich immer ein. Dieser hier sogar noch mehr, wegen der Energie, die von ihm ausging.

*Stark.*

*Männlich.*

*Verfügbar.*

Meine innere Wölfin sträubte sich, weil er mir als potenzieller Gefährte gefiel, aber er würde sich nie für mich entscheiden. Ich war keine X-Clan-Wölfin, nur eine Ash Wolf Omega. Ein Ersatz für die, die eine Gefährtin brauchten. Ein Männchen wie er würde warten, bis er ein richtiges Weibchen gefunden hätte, eine, die so wie er war und kein Experiment, das in einem Labor festsitzt.

Außerdem wollte ich *ihn* auch nicht. Oder irgendein anderes Männchen, was das anging.

*Eine totale Lüge, natürlich.*

Ich sagte mir dieses Mantra täglich auf, um mich daran zu erinnern, dass ich keinen Gefährten brauchte, um wertvoll zu sein. Wen interessierte es schon, dass keiner der Ash Wolf Alphas Gefallen an mir gefunden hatte, oder, dass mein Alpha in meinem eigenen Sektor beschloss, dass ich für ihn als Ware wertvoller war, als eine potenzielle Gefährtin in seinem Sektor?

Ja, es war mir nicht egal.

Es war mir sogar sehr wichtig.

Elias' heiße Handfläche berührte meine Wange, wodurch meine Augen sofort aufflogen. Er starrte mit einem mitfühlenden Blick auf mich herab. „Ich werde dir nicht wehtun, Omega. Niemand wird das, okay?"

Ich wusste nicht, was ich darauf erwidern sollte, denn allein sein Duft sagte mir, wie unwahr das war. Alphas genossen es, Omegas zu ficken. Er würde mich vielleicht nie zu seiner Gefährtin wählen, aber wenn ich morgen läufig würde, wäre er der Erste in mir, nur um sich zu verknoten, um sich fortzupflanzen und um seinen Samen zu verbreiten.

Das machte ihn zu einer offensichtlichen Bedrohung.

Das waren alle Alphas.

Sie nahmen sich, was sie wollten. Sie gaben nie.

Seine Brauen zogen sich nach unten. „Du hast Angst vor mir."

Ich dachte kurz darüber nach. Nein, Angst war es nicht. Furcht, ja. Ich fürchtete mich aber nicht unbedingt vor ihm, nur vor dem, was er tun könnte.

Ein Alpha in Rage hatte das Potenzial, immensen Schmerz zuzufügen, selbst wenn er Vergnügen bereitete.

*Das* war es, was ich fürchtete.

Sein Daumen fuhr über meine bebenden Lippen, sein Ausdruck war immer noch unleserlich. „Was hat dir Dušan gesagt, bevor er dich hierher schickte?"

Es war nicht Dušan, der mit mir gesprochen hatte, sondern seine Leute. Sie hatten erwähnt, dass zu den Parametern des Abkommens die obligatorische Umwerbung der Omegas gehörte, aber ich wusste es besser.

Caspian hatte meinen Verdacht diesbezüglich auf dem Flug hierher bestätigt.

Ich konnte ihn in Gedanken immer noch lachen hören, als er darüber scherzte, wie die hungrigen X-Clan Alphas mich wahrscheinlich mit ihren Schwänzen zerreißen würden. Es wurde gemunkelt, dass dieser Sektor seit über fünf Jahrzehnten keine unverpaarte Omega mehr gesehen hatte.

Doch der Alpha, den ich gestern traf, hatte nach einer

Omega gerochen. Ander Cain hatte auch nicht die geringste Andeutung von Interesse an mir gezeigt, was, wie ich vermutete, an meiner Herkunft lag.

„Daciana", sagte Elias und lenkte meinen Blick wieder auf ihn. „Dein Schweigen beunruhigt meinen Wolf."

Ich schluckte und bemerkte die Wahrheit seiner Worte in seinem Blick. Ich hob meine Hand zu seinem Gesicht, mein Daumen fuhr die dunklen Kreise unter seinen mitternächtlichen Augen nach. „Du musst rennen gehen", flüsterte ich und spürte die Sehnsucht seines Wolfes nach einer Veränderung. Es war die Aggression, die ich ihn ihm spürte, nicht seine Sehnsucht, mich zu nehmen. Nur das Tier, das in ihm lauerte und sich nach Freiheit sehnte.

*Hm, er erinnert mich ein wenig an Dušan und die Art, wie sein Wolf immer unter der Oberfläche zu wandeln scheint …*

Natürlich kannte ich Dušan nicht wirklich, ich hatte ihn nur aus der Ferne gesehen.

Er war der Alpha des Shadowlands Sektors und viel zu beschäftigt für eine Omega wie mich.

Zu klein.

Zu blond.

Zu sanftmütig.

Ein Bauer in einem Schachspiel, den er gegen eine Lieferung von Gegenständen tauschte, von denen ich nichts wusste.

So viel dazu, dass Omegas die Verehrten unserer Rasse sein sollten.

Meine eigene Art wollte mich nicht. Wahrscheinlich, weil sie dachten, ich sei gebrochen, nach allem, was meiner Mutter angetan wurde.

*War ich gebrochen?* Das hatte ich mich oft gefragt. *Vielleicht.*

Ich ließ den Alpha los und starrte über seine Schulter an die Decke.

Er bewegte sich mit mir, sodass er meinen Blick wieder

einfangen konnte. „Was ist mit dir?", fragte er leise. „Musst du rennen gehen?"

*Muss ich?*

Ich zuckte mit den Schultern. „Es macht keinen großen Unterschied, was ich will, oder?", überlegte ich laut und fühlte mich ermutigt. Es würde sicher nach hinten losgehen, aber was kümmerte es mich? Ich hatte buchstäblich nichts zu verlieren.

Dieses Männchen würden meinen Körper nehmen, wenn es wollte.

Es würde mich zwingen, mich mit ihm zu paaren und mich in einen glorifizierten Brüter verwandeln, sollte sich meine Gebärmutter als gastfreundlicher Wirt erweisen.

Der Gurt um meine Mitte löste sich mit einem Ruck, der mich beim Ausatmen zischend aufstöhnen ließ. Der Stoff hatte in meine Haut geschnitten und meine Durchblutung vermindert, und die plötzliche verstärkte Durchblutung der Region verursachte ein Stechen.

Elias sah mich stirnrunzelnd an, dann packte er meinen Kittel und riss ihn nach oben.

Mir wurde eiskalt.

Vielleicht hatte ich die Drohung seines Wolfes missverstanden. Dieses Männchen hatte vor, mich jetzt zu nehmen, hier auf diesem …

„Mein Gott", hauchte er, seine Handfläche wie ein Brandzeichen gegen meinen entblößten Bauch.

Eine Träne fiel aus meinem Auge. Meine Beine waren immer noch in einer offenen Position gefesselt, wodurch alles unterhalb der Taille freigelegt wurde.

Es würde jetzt nur noch Sekunden dauern.

Er würde sich in Position bringen und …

Mein Krankenhauskittel fiel, und ich wurde von einem Paar wütender Augen empfangen. „Warum zum Teufel hast du nichts gesagt?", verlangte er.

Ich sah ihn stirnrunzelnd an. „W-was?"

„Du hast blaue Flecken." Schnell löste er meine Beine, dann ging er herum und begann, die Schubladen zu durchsuchen. „Scheiße. Ich weiß nicht einmal, wonach ich suche."

Er steckte seinen Kopf aus der Tür, schrie: „Riley, beweg deinen Arsch hier rein!" und fing an, auf- und abzugehen, während er mir wütende Blicke zu warf.

Ich hätte mich fast zu einem Ball zusammengerollt, aber schon das Zucken tat mir in den Seiten weh, also blieb ich absolut still auf dem Tisch liegen.

„Du hast mir nicht gerade befohlen, meinen Arsch in ein Patientenzimmer zu bewegen", sagte eine weibliche Stimme aus dem Flur, bevor die Ärztin von gestern ins Zimmer stürmte.

„Fang gar nicht erst so an", knurrte er als Antwort. „Ander erträgt vielleicht im Moment deine angriffslustige Art, aber ich werde dich übers Knie legen und dir deinen feinen Arsch versohlen und dich heulend nach Hause zu Jonas schicken."

Die Omega-Ärztin blickte ihn wütend an, stemmte ihre Hände in die Hüften und stellte sich in den Türrahmen. „Jonas würde dir in den Arsch treten."

„Und das wäre es wert, nur um dich schreien zu hören", gab er zurück und baute sich vor ihr auf.

Sie knallte ihm eine beherzte Handfläche gegen die Brust, was mich zusammenzucken ließ. Das würde nicht gut enden. Wieso kannte die Omega nicht die richtige Etikette bei Alpha-Männchen? Sie bevorzugten Verbeugungen. Unterwerfung. Beschwichtigung. Nicht streiten.

„Geh mir nicht mit deinem testosterongeladenen Alpha-Scheiß auf die Nerven, Elias", sagte das kühne Weibchen und ihr Ton duldete keinen Widerspruch. „Und jetzt sag mir, warum zum Teufel ich in diesem Raum bin."

Er knurrte tief in seiner Kehle. „Du hast Glück, dass du nützlich bist."

Sie warf ihm einen Kuss zu. „Du liebst mich, und du weißt es."

„Ja, ja." Er fuhr mit den Fingern durch seine widerspenstigen dunklen Locken und schüttelte den Kopf. „Jonas muss dich mehr disziplinieren."

„Als ob ich das nicht wüsste", erwiderte die Frau mit einem Lächeln in der Stimme.

*Was zum Teufel war hier gerade passiert?* Er erlaubte ihr, mit diesem Verhalten davonzukommen?

„Unmögliche Omega", murmelte er, konzentrierte sich wieder auf mich und ging wieder in den Alpha-Aggressionsmodus über.

Oh, verdammt. Es schien, als würde ich die Hauptlast ihres Ungehorsams tragen. Typisch mein Glück.

Ich flog fast in die Ecke, als er auf mich zustürmte, um meinen Kittel wieder hochzuziehen. Doch die Handfläche gegen meine Kehle hielt mich an Ort und Stelle.

Es war kein harter Griff, sondern ein zärtlicher, als ob er versuchte, einen Hauch von Sicherheit zu vermitteln, während er der Ärztin meinen Körper zeigte.

Ich runzelte die Stirn und fragte mich, warum er so etwas tun würde.

„Scheiße", sagte Riley.

Ich zuckte zischend zusammen, als sie mir in die Seite stupste.

„Warum zum Teufel hat Ceres sie so fest gefesselt?", schnappte Riley.

„Ich weiß es nicht, aber das werde ich den Beta fragen, sobald ich ihn in die Hände bekomme."

Riley schnaubte. „Du meinst, du wirst ihm ins Gesicht schlagen und ihn dann fragen."

„Die Methode der Befragung wird noch festgelegt", gab

er düster zu und zog den Stoff mit der Hand, die nicht meinen Hals hielt, wieder herunter. „Kannst du ihr etwas geben, das gegen die Schmerzen hilft?"

„Ja, ich bin gleich wieder da." Sie verließ den Raum, und ich schluckte, während seine Handfläche immer noch auf meinem Hals lag.

Er streichelte meinen Hals und sah auf mich herab. „Nächstes Mal sagst du etwas."

„Was zum Beispiel?"

„Dass du Schmerzen hast", sagte er, wobei sich seine Zähne bei jedem Wort zusammenbissen.

Ich runzelte die Stirn. „Ich habe Schmerzen, seit ich hier bin. Soll ich mich etwa jedes Mal beschweren, wenn er mich mit einer Nadel sticht? Jedes Mal, wenn er mir Blut aus meinen bereits erschöpften Venen entnimmt? Jedes Mal, wenn jemand einen Stab in meine Weichteile steckt?" Ich stieß ein gebrochenes Lachen aus. „Ich bin mir ziemlich sicher, dass du nicht möchtest, dass ich mich den ganzen Tag lang beschwere, Alpha."

# ELIAS

Mein Blut kochte.

Diese frustrierende kleine Omega litt die ganze Zeit Schmerzen und hatte kein einziges Wort gesagt.

Die Fesseln waren dazu gedacht, sie an Ort und Stelle zu halten, während Ceres Untersuchungen machte und Proben entnahm und nicht um sie aus Angst vor einer möglichen Flucht festzubinden. Sie konnte nirgendwo hinlaufen. Das wussten wir alle, außer vielleicht das Mädchen auf dem Untersuchungstisch, denn sie hatte eindeutig Angst vor mir. Sie fürchtete *uns*, fürchtete das Leben.

Ich wollte denjenigen töten, der dieser schönen kleinen Kreatur eine solche Reaktion eingeimpft hatte.

Bevor ich etwas erwidern konnte, kam Riley mit einem kleinen Becher mit Pillen und einer Flasche Wasser in der Hand zurück. „Nimm die", wies sie die Omega an, bevor sie meinen Blick erwiderte. „Kannst du ihr später ein Bad einlassen? Ein paar Heilsalze dazugeben? Das wird ihr helfen, sich ein wenig zu entspannen."

Ich nickte. „Ja."

Ihre Lippen zuckten, Dankbarkeit zeigte sich in ihren blauen Augen, dieselbe Farbe wie ihr Haar in diesem Monat. Riley färbte sich immer die Haare, aber wir wussten alle, dass sie ein natürlicher Rotschopf war, denn ihr Fell wechselte nie mit ihrer Mähne.

Sie sagte, sie solle noch ein paar Minuten warten, während sie die Heilsalze zusammenstellte, und ich konzentrierte mich wieder auf die gelehrige Wölfin auf dem Untersuchungstisch. Abgesehen davon, dass sie die Pillen genommen und geschluckt hatte, hatte sie sich nicht bewegt. Es war fast so, als fürchtete sie, gemaßregelt zu werden, wenn sie ohne Erlaubnis auch nur atmete. „Willst du aufstehen?", fragte ich sie leise.

Sie sah mich stirnrunzelnd an. „Willst du, dass ich aufstehe?"

„Ich möchte, dass du es dir bequem machst."

Ihre hellen Augenbrauen hoben sich in Richtung ihres aschblonden Haaransatzes. „Bequem? In einem medizinischen Labor? An einen Tisch gefesselt?" Sie schien über ihre Worte nachzudenken und ihre Stirn legte sich erneut in Falten. „Ist das überhaupt möglich?"

Obwohl mir ihr Tonfall und ihre Worte nicht gefielen, war ich froh, sie sprechen zu hören, denn es bewies, dass sie noch nicht ganz gebrochen war. Ich hatte mir in den letzten vierundzwanzig Stunden Sorgen um ihren geistigen Zustand gemacht, wegen ihres schüchternen Verhaltens und ihrer Verschwiegenheit, aber unter ihrem sanften Äußeren schien sie ganz in Ordnung zu sein.

Na ja, jedenfalls scheint ihr Zustand gut genug zu sein.

Die ganze Sache mit dem Verstecken ihres Unbehagens musste aufhören.

Zugegeben, sie hatte nicht ganz unrecht. Nichts an dieser Situation war angenehm.

„Du nimmst dir morgen frei", entschied ich, als Riley zurückkam. Sie musste meine Bemerkung gehört haben, denn ihre Stirn legte sich überrascht in Falten, als sie eine Tüte mit Badesalzen auf den Tresen stellte. „Du und Ceres habt genug Proben fürs Erste. Ich werde Daciana morgen den Sektor zeigen, und wir werden in den Bergen rennen gehen. Es steht nicht zur Debatte. Ander wird es klären." Denn ich würde ihn dazu zwingen, mein Vorhaben zu befürworten. Er war vielleicht der Alpha des Sektors, aber er war auch mein bester Freund. Wenn ich ihm sagte, dass das Mädchen das brauchte, würde er zuhören.

„Ja, Alpha", sagte Riley mit einem gespielten Salut.

„Du willst ernsthaft, dass ich dir den Arsch versohle, oder?" Verdammte, freche, kleine Hexe. „Ich werde nie verstehen, wie Jonas es mit dir aushält."

„Erträgt er mich, oder ertrage ich ihn?", fragte sie und tat so, als würde sie nachdenken.

„Oh, ich habe dich auf jeden Fall im Griff, kleine Göre", sagte Jonas und erschien in der Tür. „Hör auf, Elias zu nerven."

„Ich habe nichts dergleichen getan."

„Deine Gefährtin labert Scheiße", informierte ich ihn.

„Das ist mir bewusst", erwiderte der große Mann und verengte seine Augen zu Schlitzen als er sein Weibchen musterte. „Du gibst ein schlechtes Beispiel für unseren Gast ab."

„Oder vielleicht gebe ich das richtige", konterte sie mit einem frechen Grinsen.

Jonas knurrte, tief und bedeutungsvoll, und schlich sich vor, um ihr in den Nacken zu greifen. „Auf gehts."

Riley kicherte, als der Alpha sie über seine Schulter warf und ihr hart auf den Hintern klopfte.

Ich schüttelte den Kopf und sah ihnen nach. Der Mann war ein Heiliger, der seine Gefährtin verdammt noch mal liebte.

„Wird er sie schwer schlagen?", fragte Daciana und hielt sich dann den Mund zu, als hätte sie die Worte nicht laut murmeln wollen.

„Sie schlagen?", wiederholte ich.

„Es tut mir leid. Ich wollte nicht–"

„Oh, ich glaube, ich weiß genau, was du gemeint hast, Kleine." Ich beugte mich über sie und drang absichtlich in ihren Raum ein, weil ich in ihrem Geruch lesen wollte. „Er wird ihr wahrscheinlich den Hintern versohlen, weil sie eine Göre ist, aber sie wird es genießen, denn das ist ihr Ding. Sie spielt sich oft so auf, um Aufmerksamkeit zu bekommen, und er bestraft sie in gleicher Weise. Dann ficken sie und sie kommt um seinen Schwanz und verliebt sich noch mehr in ihn."

Dacianas Wangen färbten sich leuchtend rosa und der Atem stockte ihr in der Kehle, als der subtile Geruch ihres Lustsafts die Luft durchdrang.

*Hmm, ja …*

Diese Worte kamen sehr gut an.

„In diesem Sektor schlagen wir unsere Gefährtinnen nicht", sagte ich, „und wenn ich Dušan nicht völlig falsch verstanden habe, dann glaube ich auch, dass sie es in deinem Sektor nicht tun. Wer hat dich also dazu gebracht, diese Lügen zu glauben?"

Sie begann sich zu winden, was ein Zeichen dafür war, dass ich einen Nerv getroffen hatte. Nun, das war zu erwarten. Ich wollte wissen, wer zum Teufel ihr diesen Mist in den Kopf gesetzt hatte.

„Schweig jetzt nicht, Prinzessin", lockte ich. „Sag mir, wer deine Erwartungen so düster gemalt hat."

„Soll ich jetzt über Schmerzen klagen?", konterte sie leise. „Oder soll ich stumm bleiben?"

Ihre Worte überraschten mich und ließen mich zurückweichen. „Ich berühre dich nicht einmal."

„Nicht alle Schmerzen sind körperlich, Alpha", sagte sie leise, und ihre blassblauen Augen wanderten zur Wand. „Manchmal sind es unsere Erinnerungen, die uns quälen."

Eine kraftvolle Aussage, die mir so viel sagte. „Deine Mutter wurde von ihrem Gefährten misshandelt."

„Meine Mutter hatte keinen Gefährten", flüsterte sie.

„Sie war eine Beta, benutzt von Alphas ohne eigenen Gefährten."

*Oh, verdammt ...* Ich fuhr mir mit den Fingern durch die Haare, denn ich wusste, was sie meinte. Manche Betas machten es zu ihrer Aufgabe, Alphas zu bedienen. Ich hatte in meinen Jahren schon einige besucht. Sie waren aber nicht so gebaut wie Omegas und ihre Körper waren nicht daran gewöhnt, von einem Alpha-Männchen gefickt zu werden.

Das bedeutete, dass die meisten von ihnen am Ende verletzt wurden.

„Alle Alphas sind gleich und wollen nur das eine", fuhr Daciana fort. „Doch keiner von ihnen hat mich angerührt, selbst als ich mich anbot, den Platz meiner Mutter einzunehmen. Sie wollten sich nicht mit mir verknoten oder mich als Gefährtin beanspruchen. Nein, die Alphas meiner Heimat wollten nur dominieren und zerstören." Sie schüttelte den Kopf und schien in ihren Gedanken versunken zu sein. „Sie ist gestorben, weißt du. Deshalb hat Dušan mich hierher geschickt. Ich hatte niemanden, den ich zurücklassen musste."

„Das hat er wirklich gesagt?"

„Das musste er nicht", sagte sie leise.

„Das klingt nicht wie der Alpha, den ich kenne", warf ich ein. Ich wusste zwar, dass Dušan ein knallharter Verhandlungspartner war, aber er hatte eindeutig eine Schwäche für seine Omegas. Warum sonst würde er darauf bestehen, dass seine Omegas umworben werden und das sogar dem Handelsabkommen hinzufügen? Keiner der Alphas des Andorra Sektors konnte sich mit den Ash Wolf Omegas paaren, es sei denn das Weibchen stimmte zu. Das war nicht unsere typische Vorgehensweise als X-Clan-Wölfe, aber das machte es nicht falsch. Wenn überhaupt, schien es eher richtig zu sein.

„Ich habe ihn nie getroffen", antwortete sie. „Er war zu weit oben in der Befehlskette, und ich bin nur die Tochter einer Hure."

Ich sah sie stirnrunzelnd an. „Du solltest nicht so über deine Mutter sprechen."

„Warum nicht? So haben sie doch alle anderen genannt." Eine Träne fiel aus ihrem Auge, eine, die sie entweder nicht bemerkte oder es nicht für angebracht hielt, um sie wegzuwischen. „Sie haben sie nicht einmal begraben. Haben mir die Aufgabe überlassen, nachdem sie mit ihr fertig waren." Sie schüttelte den Kopf, als wollte sie die Erinnerung vertreiben. „Es tut mir leid. Es ist nicht angebracht, diese Dinge anzusprechen. Ich sollte es eigentlich besser wissen. Ich akzeptiere jede Strafe akzeptieren, die ich deiner Meinung nach verdiene."

Ich starrte sie an, als mir die Worte „*Was zum Teufel ist mit dir passiert?*" auf den Lippen brannten.

Aber ich wusste, was mit ihr geschehen war.

Sie war die Tochter einer Beta-Hure.

Wir hatten mehrere hier im Andorra Sektor. Es war etwas, das die riesige Alpha-Männchen-Population benötigte, aber Ander sorgte dafür, dass sie alle ordentlich mit Gesundheitsleistungen versorgt und angemessenen bezahlt und gepflegt wurden.

Ich fragte mich, was zum Teufel in Dušans Lager im Shadowlands Sektor los war. Ich strich ihr die Träne von der Wange und fuhr mit den Fingern ihren Hals hinunter. „Kannst du laufen, Daciana?"

Sie hatte heute eine Menge Tests über sich ergehen lassen und immer noch keine Anstalten gemacht, sich vom Untersuchungstisch zu erheben.

„Ja", antwortete sie und schob sich mit zittrigen Bewegungen nach oben.

Ich beobachtete, wie sie aufstand, und sah, wie ihre Knie vor Schwäche wackelten. „Du musst etwas essen", stellte ich laut fest. „Und Riley möchte, dass du ein Bad nimmst."

Daciana nickte nur, mit dem Blick auf den Boden gerichtet.

Sie dachte immer noch, dass ich sie bestrafen wollte.

In welcher Welt war diese arme Omega aufgewachsen?

Während sie badete, würde ich es herausfinden, indem ich Dušan direkt anrief. „Komm", sagte ich und hob sie in meine Arme, als ihr Taumeln in ein heftiges Zittern überging. Sie konnte zwar gehen, aber ich ahnte, dass es ihr wehtun würde. Sie war zu schwach von all dem Blutverlust, und die blauen Flecken um ihre Mitte schmerzten sie eindeutig mehr, als sie zugeben wollte.

Ich nahm sie vorsichtig in den Arm und ging zu einem anderen Tisch hinüber. „Kannst du die Tasche für mich nehmen, Prinzessin?"

Sie griff danach und hielt sie fest, als wäre es die wichtigste Aufgabe ihrer Existenz.

Sie zurück in ihr einsames Quartier zu bringen, erschien mir grausam, also machte ich mich auf den Weg zum Aufzug, um sie in meins zu bringen. Meine Badewanne war größer . Meine Aussicht war auch schöner, denn meine Fenster blickten auf die Stadt, statt auf einen tristen Innenhof, und ich zog die Vorstellung vor, heute Nacht in meinem Bett zu schlafen, statt auf der Couch im Nebenzimmer.

Ander würde es wahrscheinlich nicht gefallen und das Summen an meinem Handgelenk bestätigte diese Vermutung, als ich aus dem Aufzug in mein Stockwerk trat. Ich schaute nicht auf die Nachricht, da ich wusste, was sie besagen würde, und konzentrierte mich stattdessen auf

Dacianas Wohlbefinden. Sie beobachtete mich misstrauisch, als ich sie in einen übergroßen Sessel in meinem Wohnbereich setzte. „Ich werde dir etwas zu essen und etwas Wasser holen. Wenn du gegessen hast, werde ich dir ein Bad einlassen."

Dann würde ich mich mit meinem Alpha und dem Alpha des Shadowlands Sektors beschäftigen.

Daciana verfiel wieder in ihre stille Routine, während ich sie fütterte, aber wenigstens aß sie, ohne zu klagen. Ich wünschte nur, ich hätte das Misstrauen aus ihrem Blick verbannen können, und versuchte, eine Unterhaltung mit ihr zu beginnen.

Ich erzählte ihr ein wenig von meiner Familie und den Tagen, bevor die Infizierten die Welt ins Chaos stürzten, dass ich in Spanien aufgewachsen war, aber in Norwegen studiert hatte, wo ich Ander kennengelernt hatte. Außerdem erzählte ich ihr vom Andorra Sektor, wie Ander zum Alpha des Sektors wurde, warum wir Technologie und Gesundheitsforschung bevorzugten, und sie hörte mit einem ruhigen Blick zu. Nicht unbedingt desinteressiert, aber auch nicht gerade fasziniert.

Danach ließ ich ihr ein Bad ein und trug sie in mein Badezimmer. „Ich habe die Salze wie vorgeschrieben hinzugefügt", sagte ich und deutete auf die Tüte, die Riley vorbereitet hatte. „Sag mir Bescheid, falls es zu heiß oder zu kalt ist." Ich hatte es selbst getestet, aber meine Körpertemperatur neigte dazu, ein wenig auf der warmen Seite zu liegen.

Sie starrte mich einen langen Moment lang an, dann drehte sie sich zum Bad und stieg hinein, mit ihrem Patientenkittel.

Ich erwischte ihren Ellbogen und sie zuckte zusammen, sie kniff ihre Augen zusammen.

„Himmel, wenn ich dir wehtun wollte, hätte ich es schon

getan", sagte ich, leicht irritiert von ihrer ständigen Angst vor meiner Nähe. „Aber du kannst das Ding nicht in der Badewanne tragen. Du musst es ablegen."

Sie schluckte, eine Träne tropfte aus ihrem Auge.

„Was glaubst du, was ich mit dir machen werde?", fragte ich sie fordernd, indem ich mit der freien Hand ihre Wange umfasste und mit der anderen ihre Hüfte packte, um sie zu mir zu drehen. „Ich versuche, mich um dich zu kümmern, Daciana."

„W-warum?", fragte sie zitternd. „W-warum kümmerst du dich um mich?"

„Weil es das Anständigste ist, was man tun kann", schlug ich vor. „Weil du ein Gast in unserem Sektor bist." Ich schob meinen Daumen unter ihr Kinn, neigte ihren Kopf nach oben und ermutigte sie, ihre Augen zu den meinen zu heben. „Weil ich kein kompletter Arsch bin."

In ihrer hellblauen Iris spiegelte sich eine Emotion, die sie fast so schnell unterdrückte, wie sie aufgetaucht war. Eine, die verdächtig stark nach Hoffnung aussah.

Sie ließ ihre Hände auf den Saum ihres Patientenkittels fallen und begann, ihn hochzuziehen. Ich ließ sie los, als sie sich das Kleidungsstück über den Kopf zog. Sie warf es zur Seite, sodass sie nackt vor mir stand.

Ich hielt ihrem Blick stand, um etwas zu beweisen, und bot ihr meine Handfläche an. „Lass dich langsam hineinsinken. Ich will sichergehen, dass es nicht zu heiß ist."

Sie blickte auf meine Hand hinunter, dann schloss sie die Augen und nahm meine Hilfe an. Die Art, wie ihr Körper zitterte, sagte mir, wie schwach sie sich fühlte.

„Keine weiteren Tests", sagte ich mehr zu mir selbst als zu ihr. „Jedenfalls nicht, bis du dich besser fühlst."

Daciana kehrte zu ihrem bevorzugten Schweigen zurück, aber ich bemerkte, wie sich ihre Schultern entspannten, als sie sich ins Wasser gleiten ließ. Es gab kein Zucken oder irgendein Anzeichen von Schmerz, ihre Hand lag locker in meiner. Wenn überhaupt, wirkte sie beruhigt, als sie ihren Kopf zurück auf die Handtücher legte, die ich zu einem behelfsmäßigen Kissen zusammengerollt hatte.

„Ich komme in einer halben Stunde wieder, um nach dir zu sehen", sagte ich und ließ sie los.

„Danke", flüsterte sie und mir wurde ein wenig warm ums Herz.

Ich beugte mich vor und küsste sie auf den Kopf. „Gern geschehen, Prinzessin."

Sie seufzte, der erste Hauch von Trost, der heute Abend von ihr ausging. Mit einem Nicken zu mir selbst ließ ich sie alleine und rief schnell Anders Nachrichten auf meinem Handy auf.

*Was zum Teufel machst du da?*

*Hör auf, mich zu ignorieren.*

*Ich komme nach oben, Elias.*

*Antworte mir verdammt nochmal, du Arsch.*

Ich musste grinsen.

Der letzte kam vor vier Minuten. *Du hast fünf Minuten.*

Ich ging zu meiner Wohnungstür und öffnete sie, um auf seine Ankunft zu warten und der Aufzug klingelte genau auf das Stichwort.

Er stürmte in den Flur und hielt inne, als er mich an der Wand lehnend in meiner Wohnung entdeckte. Seine Augen verengten sich misstrauisch. „Warum habe ich das Gefühl, dass das eine Falle ist?"

„Das ist es nicht. Aber du musst Dušan für mich anrufen."

Er runzelte die Stirn. „Warum?"

„Weil er uns eine gebrochene Omega geschickt hat und ich wissen will, warum."

# DACIANA

Iᴄʜ ᴇʀsᴛᴀʀʀᴛᴇ ᴜɴᴛᴇʀ Wᴀssᴇʀ, mein Blut gefror beim Geruch eines zweiten Alphas.

*Ander Cain,* erkannte ich, und mein Magen verkrampfte sich.

Das alles war eine Falle gewesen. Ein Weg, mich zu entspannen, bevor Elias mich bestrafte. Ich hätte nicht so frei sprechen sollen, hätte schweigen sollen und nicht über solche Dinge sprechen dürfen, aber irgendetwas an ihm brachte mich dazu, meine Zunge zu lockern.

Und jetzt würde ich den ultimativen Preis bezahlen.

Sie stecken mich in eine Wanne, um meinen Körper vorzubereiten und mich hart heranzunehmen. Sie werden mich zwingen, es zu genießen und ihr Knurren benutzen, um mein Vergnügen zu provozieren.

Tränen stiegen in mir auf, aber ich schluckte sie hinunter.

Ich musste stark sein. Es war der einzige Weg zu überleben. Obwohl ich mich an manchen Tagen fragte, was es für einen Sinn hatte, in dieser Welt zu leben, wenn das Schicksal es eindeutig auf mich abgesehen hatte.

Ein Knurren kam aus dem anderen Zimmer, das mir die Haare zu Berge stehen ließ.

Dann folgte tiefes Gemurmel.

Meine Ohren zuckten, als ich das Gespräch mit meinem Wolfsgehör aufschnappte.

„Was meinst du mit *gebrochen*?", fragte Ander.

„Sie musste ihre Mutter begraben, Ander", erklärte Elias ihm. „Nachdem ein Rudel Alphas die arme Beta zu Tode gefickt hat."

Ich zuckte bei der groben Beschreibung zusammen, dann erinnerte ich mich daran, dass ich ihm so ziemlich das Gleiche gesagt hatte. Es war schwer, eine so schreckliche Erfahrung zu beschönigen.

„Scheiße", murmelte der Alpha des Sektors.

„Ja. Verdammt, ich will wissen, was für eine Gesellschaft Dušan da drüben leitet, die so etwas zulässt."

*Oh, nein ...* Das war nicht gut. Er konnte nicht mit Dušan reden. Nicht über das hier. Wenn er herausfand, dass ich das erwähnt hatte, würde er … Er würde … Nun, ich wusste nicht, was er tun würde, aber es konnte nicht gut sein.

Ich hielt mich am Wannenrand fest und versuchte, mich hochzuziehen, aber meine Glieder waren zu schwer.

*Nein, nein, nein.* Ich konnte nicht zulassen, dass meine Lethargie mich aufhielt. Ich musste …

„Dušan." Anders Stimme klang abgehackt, und ich erstarrte erneut.

„Cain", kam in einem tiefen Ton zurück.

*Oh, Mist.* Er hatte ihn bereits angerufen.

Ich saß regungslos da und lauschte, während sich das Grauen in meinem Bauch aufstaute. Sie jetzt zu unterbrechen, war nicht angemessen. Und was sollte ich überhaupt sagen? *„Aufhören"*? Ich hätte fast gelacht, auch wenn ein Schluchzen auszubrechen drohte.

Omegas hatten keine Rechte.

Sie würden nie auf mich hören.

Außerdem hatte ich jede Strafe verdient, die auf mich zukommen würde, weil ich es hätte besser wissen müssen.

Ich hätte nie etwas sagen dürfen.

„Warum rufst du mich unangemeldet an?", verlangte Dušan. „Gibt es ein Problem mit den Omegas?"

„Das werde ich Elias beantworten lassen", antwortete Ander.

Ich hielt den Atem an, weil ich seine Antwort hören wollte, obwohl ich sie befürchtete.

„Daciana denkt, dass ich sie schlagen werde, Dušan. Nicht nur schlagen, sondern sie hat den Eindruck, dass ich sie zu Tode ficken werde, wie es deine Alphas mit ihrer Mutter getan haben."

Stille.

Es folgte ein gemurmelter Fluch von Dušan. Ich nahm an, dass er es war, weil es nicht von Ander oder Elias kam.

„Ionut, einer meiner *ehemaligen* Alphas, hat einen Prostitutionsring am Rande meines Territoriums geleitet. Ich bin vor etwa zwei Monaten darauf aufmerksam geworden. Ich habe ihn und alle beteiligten Alphas vor vier Wochen zerstört. Daciana war eines der Opfer, das in Schutzhaft genommen wurde. Als ich entdeckt habe, dass sie eine Omega ist, habe ich sie für den Andorra Sektor bestimmt, um ihr einen Neuanfang zu ermöglichen. Ich hatte keine Ahnung, dass sie so … zerrüttet war."

Ich zuckte bei dem Wort zusammen.

*Ist es das, was ich bin?*, fragte ich mich. *Zerrüttet?*

„Sie hat erwähnt, dass sie ihre Mutter beerdigt hat", sagte Elias leise.

„Ja." Dušan räusperte sich. „Das war, bevor ich den Ring hochgenommen habe. Ich habe ihren Tod auf dem Gewissen, denn er hätte vermieden werden können, wenn wir früher eingegriffen hätten. Ich habe keine Entschuldigung dafür."

„Weil ein guter Alpha niemals Ausreden für sein Versagen hat", sagte Ander leise. „Ich verstehe."

Mehr Schweigen.

„Willst du sie eintauschen?", fragte Dušan ruhig. „Wir können das nach Bedarf arrangieren."

„Das wird nicht nötig sein", erwiderte Elias. „Sie mag zerrüttet sein, aber wir haben die Mittel, sie wieder zu heilen."

„Bist du dir sicher?", drängte Dušan.

„Wir werden es besprechen und uns wieder bei dir melden", schaltete sich Ander ein. „Danke für die Details, Dušan."

„Natürlich."

Es folgte eine angespannte Stille, und ich vermutete, dass das Gespräch beendet war.

„Bist du dir sicher, dass du diese Last auf dich nehmen willst?", fragte Ander, was sich wie Stunden später anfühlte. Entweder hatte ich einen Teil des Gesprächs verpasst oder die Alphas starrten sich gegenseitig an und kommunizierten mit ihren Augen.

„Ich kann ihr helfen", sagte Elias leise. „Ich *will* ihr helfen."

„Die beschriebenen Details sind der Nährboden für einen lebenslangen Kampf. Sie wird dir nicht so leicht vertrauen."

„Ich weiß."

„Du wirst geduldig sein müssen."

„Ja, ich weiß."

„Du bist kein geduldiger Mann, Elias."

„Ich kann für sie geduldig sein", versprach er mit einem Flehen in seinem Ton, das mich meine Lippen verziehen ließ. Hatte er seinen Alpha wirklich angefleht, mich bleibenzulassen? Warum?

Es folgte erneut angespannte Stille.

Dann ein tiefer Seufzer. „Also gut. Wenn sie deine Auserwählte ist, werde ich tun, was nötig ist, um dich zu unterstützen. Aber du solltest ihr den Hof machen, Elias. Das ist Teil der Abmachung."

„Ich würde sie nie zwingen", versprach Elias.

„Ich weiß." Ein Klatschen folgte. Vielleicht klopfte er Elias auf den Rücken …? „Du bist ein guter Mann, wenn du dir Mühe gibst."

„Wow, danke, Mann. Was für ein Kompliment."

„Ich versuche es", antwortete Ander, ein Grinsen in seiner Stimme. „Lass mich wissen, wie es weitergeht, und ich werde mich mit Ceres wegen der Testergebnisse treffen."

„Oh, das erinnert mich an etwas", sagte Elias. „Frag Riley nach den Gurten des Untersuchungstisches und wie fest dieses Arschloch Daciana auf dem Tisch festgeschnallt hat. Ihr Unterleib ist ein einziger verdammter Bluterguss."

„*Was?*", brüllte der Alpha des Sektors, was mich zusammenzucken ließ.

Diese ganzen Aggressionen machten etwas mit mir und brachten meine Moralvorstellungen durcheinander.

Wenn meine Brunft während des Vollmonds einsetzte, stand mir eine Welt voller Schmerzen bevor.

„Ja, damit du verstehst, warum ich ihm nicht erlaube, weitere Tests an ihr durchzuführen. Wahrscheinlich nie wieder", sagte Elias und überraschte mich damit.

*Wahrscheinlich nie wieder?*

„Scheiße."

„Das ist dein Lieblingswort des Abends", murmelte Elias.

„Es ist das Wort, das mein Leben im Moment beschreibt", murmelte Ander und klang müde.

„Das hat doch nichts mit der sturen kleinen Omega zu tun, die du in deiner Wohnung eingesperrt hast, oder?"

Ander Cain seufzte. „Ich habe keine Ahnung, was ich mit ihr machen soll."

„Paare dich mit ihr", sagte Elias. „Das ist es, was du mit

ihr tun musst. Sie ist bereits schwanger mit deinem Kind. Beende den Job."

„Sie hat ihre Lektion noch nicht gelernt."

Elias lachte. „Weißt du was? Ich glaube, ihr beide habt einander wirklich verdient. Es ist ein Duell der Hartnäckigkeit."

„Wechsle niemals deinen Beruf, Elias. Komik liegt dir nicht in den Genen."

Das deutliche Geräusch einer Faust, die auf Fleisch trifft, drang an meine Ohren und schreckte mich aus meinem Bad.

Dann folgten männliche Grunzer.

Mehr von dieser dominanten Energie erfüllte die Luft und ließ meine Schenkel zusammenkrampfen, als der Saft meine Lust aus meiner Mitte drang.

Alphas kämpfen. Oh Gott … Nein, ich konnte mit den gewalttätigen Auswirkungen nicht umgehen und wollte nicht diejenige sein, in die sie ihre Aggressionen entluden, wenn sie fertig waren, denn ich wusste, dass das meine Zukunft war.

Sie würden sich prügeln, Blut würde fließen und dann würden sie die Aufmerksamkeit auf mich richten und mich von beiden Seiten verknoten. Es würde wehtun, selbst wenn ich käme, mein Körper war dazu bestimmt.

In diesem Moment würde ich es hassen, eine Omega zu sein. Ich würde mich nach dem Tod sehnen, selbst wenn ich ihre Namen schreien würde.

Ein Lachen durchbrach meine Gedanken.

Das Geräusch eines Aufschlags folgte.

Dann ein weiteres Glucksen, als Elias keuchte: „Ich gebe auf. Du hast gewonnen."

„Ich weiß", entgegnete Ander, sein Tonfall triumphierend, als ein Scharren von Schuhen über Teppich an meine Ohren drang. „Aber du hattest mich fast."

„Hatte ich", stimmte Elias zu. „Aber du hast mir eine reingehauen."

„Du hättest mir nicht deine Seite entblößen sollen."

„Ja, ja", stöhnte Elias. „Willst du einen Drink?"

„Nein, ich muss zurück zu meiner Omega, und ich schätze, du musst dich um deine kümmern."

Ich runzelte die Stirn.

Das klang … *heimelig.*

„Hmm, meine Omega", murmelte Elias. „Ja. Ich glaube, das gefällt mir."

Er konnte doch nicht mich meinen, oder? Vielleicht hatte Elias irgendwo eine andere?

*Nein!* Nein, das konnte er nicht, weil es keine verfügbaren Omegas in diesem Sektor gab. Nun, außer der, die ich gestern gerochen hatte. Aber sie schien zu Ander zu gehören, wenn ich ihre Unterhaltung richtig verfolgt hatte.

Vielleicht gab es noch mehr?

Hatte der Andorra Sektor Dušan über den Bedarf angelogen?

Nun, selbst wenn der Sektor eine weitere Omega hatte, hatte ich keine an Elias gerochen. Außerdem war er nicht von meiner Seite gewichen, seitdem wir uns getroffen hatten. Er könnte irgendwo eine versteckt haben, nahm ich an.

Obwohl, ihr Geruch wäre in dieser Wohnung, und alles, was ich roch, war er. Das war definitiv seine Höhle.

Wenn er eine Omega hatte, wäre irgendwo eine Spur von ihr zu finden, aber er konnte unmöglich mich meinen. Ich war nicht seine Omega und er konnte mich auch nicht wollen. Ich war nur die gebrochene Ash Wolf Omega.

„Du scheinst nicht sehr entspannt zu sein", sagte eine tiefe Stimme, was mich dazu veranlasste, reflexartig ins Wasser zu sinken.

Elias stand im Bad, lehnte an der Tür und beobachtete mich.

Ich hatte nicht gehört, wie er sich näherte, oder wie der andere Alpha ging. Ich war zu sehr in meine Gedanken versunken, um darauf zu achten, was sehr gefährlich sein konnte.

„Noch mehr Schweigen?", sinnierte er, trat näher und hockte sich neben die Badewanne. „Was, wenn ich dir sage, dass ich deine Stimme mag? Wird dir das den Mut geben, zu sprechen?"

Ich blinzelte ihn an. „Mit dir zu sprechen, bringt mich in Schwierigkeiten."

Seine Augenbrauen hoben sich. „Ach ja? Was für eine Art von Schwierigkeiten?"

Ich öffnete den Mund, um seinen Anruf bei Dušan zu kommentieren, als mir auffiel, dass er daraufhin keine Strafe gefordert hatte.

Eigentlich hatte Dušan fast zerknirscht und entschuldigend geklungen. Er klang nicht wütend, weil ich von meiner Tortur erzählt hatte. Ich legte den Kopf schief und dachte nach. „Warum hat es ihn nicht interessiert, dass ich es dir gesagt habe?", fragte ich laut. „Ich habe unpassend etwas ausgeplaudert. Er hätte eine Tracht Prügel verlangen sollen."

Elias' Augen weiteten sich und ich sah einen Hauch von Verständnis in seinen Gesichtszügen, während er seine Unterarme auf den Badewannenrand abstützte. „Du hast unser Gespräch im anderen Zimmer mitgehört."

*Eine weitere Übertretung der Grenzen* stellte ich fest und zuckte zusammen. Ich trat in jedes Fettnäpfchen, das ich finden konnte, doch ich konnte mich nicht dazu durchringen, mich zu entschuldigen. Ich sollte es tun, aber ich konnte – oder wollte – die Worte nicht sagen.

„Ich bin froh, dass du es mir gesagt hast, Daciana", gab Elias leise zu. „Es hilft mir, deine Reaktionen zu verstehen." Er tauchte seine Hand in das Wasser am Rand der Wanne und runzelte die Stirn. „Das Wasser ist kalt."

„Ja", stimmte ich zu.

Er warf mir einen irritierten Blick zu. „Ich habe dir gesagt, du sollst mir sagen, wenn du dich unwohl fühlst."

„Ich fühle mich nicht unwohl", erwiderte ich und sah ihn stirnrunzelnd an. „Ich bin damit aufgewachsen, in Wasser zu baden, das viel kühler ist als dieses hier."

Er stand auf, ging zu einem Schrank und holte ein Handtuch heraus. „Steh auf, Daciana."

Ich schluckte und griff wieder nach dem Wannenrand, um zu versuchen, seinem Befehl Folge zu leisten. Meine Finger rutschten ab, denn der Rand der Wanne war für meine kleinen Hände zu groß.

Eine Hand erschien vor meinen Augen. Ich sah auf bis zu seinem Gesicht und stellte fest, dass er mich aufmerksam beobachtete. Er sah mich nicht auf eine hungrige Art an, er wirkte eher besorgt. „Daciana", murmelte er und krümmte seine Finger.

Ich drückte meine Handfläche in seine und erlaubte ihm, mir aufzuhelfen. Er hob mich mühelos aus der Wanne und half mir, auf einer Badematte Halt zu finden, bevor er mich in das weichste Handtuch der Welt wickelte. Ich bewunderte, wie sich der Stoff auf meiner Haut anfühlte, vergrub mich instinktiv darin und sehnte mich nach einem Nest von solch hoher Qualität.

Elias beobachtete mich mit seinem nun vertraut scharfen Blick und ging dann zu seinem Schrank, um weitere Handtücher herauszuholen, bevor er mich zu einem Bett führte, das größer war als mein Zimmer im Shadowlands Sektor. „Du kannst hier schlafen", sagte er und legte die Handtücher auf eines der Kissen. „Mach es dir ruhig gemütlich."

Meine Lippen öffneten sich, weil ich verstand, was er damit sagen wollte.

Er hatte mich gerade zum Schlafen hierher gebracht.

Das bestätigte er, als er zu einem anderen Schrank ging

und einen Stapel Laken und Decken herausholte, die er auf den Nachttisch legte.

„Ich werde etwas zum Anziehen für dich suchen", sagte er, ging ins Badezimmer zurück und lief durch dieses in einen anderen Raum dahinter. Als er mit einem übergroßen Hemd zurückkam, das nach ihm roch, begann ich zu verstehen, dass er mich eingeladen hatte, mich nicht nur in seiner Wohnung einzunisten, sondern auch in seinem eigenen Schlafzimmer.

Ich musterte ihn. „Hast du vor, auch hier zu schlafen?" Das war eine berechtigte Frage, da dies sein Zimmer war.

„Nur, wenn du es willst, Prinzessin." Er strich mit den Fingerknöcheln über meine Wange. „Wenn nicht, habe ich ein Gästezimmer am Ende des Flurs, in dem ich mich ausruhen kann."

„Warum bringst du mich nicht im Gästezimmer unter?"

Er trat näher und umfasste die Seite meines Halses. „Weil es meine Absicht ist, irgendwann dieses Bett mit dir zu teilen, aber erst, wenn du dich wohlfühlst."

„Du willst mich verknoten?", flüsterte ich und schluckte schwer.

„Ich möchte mehr tun, als dich zu verknoten, Daciana." Er rückte näher und seine Schenkel streiften meine, während seine Handfläche zu meinem Nacken glitt. „Ich beabsichtige, dich zu paaren, Daciana aus dem Shadowlands Sektor."

„Aber wir wissen doch noch gar nicht, ob ich kompatibel bin", stotterte ich. „Du … und ich sind nicht … Du bist nicht … Ich meine … Das ist nicht …"

„Shh", flüsterte er und strich mit seinen Lippen in einem zärtlichen Kuss über meine. „Wir haben Zeit, um das zu klären, Daciana."

*Nein, haben wir nicht*, wollte ich ihm sagen. Er musste wissen, dass mein Brunstzyklus bald beginnen würde. Alle weiblichen Ash Wölfe kamen bei Vollmond in die Brunst.

„Ich werde dich nie zu etwas zwingen, wozu du nicht bereit bist", fuhr er fort. „Aber ich bin ein ehrlicher Mann, und dazu gehört, dass ich dir die Wahrheit über meine Absichten sage. Also ja, ich möchte, dass du dich in meinem Bett einnistest. Und ja, ich hoffe, eines Tages mit dir zusammen zu sein. Allerdings wirst du unser Tempo vorgeben, nicht ich."

Er presste seinen Mund noch einmal auf meinen, verweilte noch einen Atemzug länger, bevor er mich losließ. Mir war kalt, als er sich von mir löste und mein Körper sehnte sich nach mehr von seiner Wärme, seiner Liebkosung, seinem Kuss.

Das Kräuseln seiner Lippen verriet mir, dass er meine Gedanken so klar auf meinem Gesicht sehen konnte, als hätte ich sie laut ausgesprochen, aber er würde mit seinen Liebkosungen nicht fortfahren, bis ich ihn darum bat. „Ich bin für ein paar Stunden im Wohnbereich, wenn du mich brauchst. Versuche, etwas zu schlafen, dann gehen wir morgen rennen."

Er ließ mich neben seinem Bett stehen und starrte auf die Tür.

*Er macht mir den Hof. Er macht mir wirklich und wahrhaftig den Hof.*

Zu hören, wie die Männer darüber redeten, war eine Sache.

Dass Elias es tatsächlich tat, war eine ganz andere.

*Ein Alpha will sich mit mir paaren.*

Wie war das überhaupt möglich?

Nein, es gab eine wichtigere Frage. Wollte ich, dass er mir den Hof machte?

Das … Ich kannte die Antwort auf diese Frage nicht.

Aber selbst als ich es dachte, hörte ich meine Wölfin flüstern, *Ja. Ja, er gehört mir.*

# ELIAS

AN MEINE EIGENE Schlafzimmertür zu klopfen fühlte sich seltsam an, aber ich wollte Daciana darauf aufmerksam machen, dass ich vorhatte jetzt einzutreten. Als ich auf der anderen Seite nichts hörte, trat ich ein, aber hielt kurz darauf inne, als ich den Anblick auf meinem Bett in mich aufnahm.

Ein Nest.

Ich schlich auf Zehenspitzen darauf zu, musterte die Struktur und prägte mir ihre Muster ein.

*Wunderschön*, dachte ich, und mein Atem verließ mich mit einem ehrfürchtigen Ausatmen.

Ich hatte tatsächlich noch nie ein Nest gesehen. Omegas waren selten im Andorra Sektor. Verdammt, sie waren allgemein selten. Hier umso mehr, da wir seit über fünf Jahrzehnten keine Geburt mehr erlebt hatten. Andere Sektoren hatten mehr Glück, ihre Paarungszyklen waren regelmäßiger, während Andorra mit Alphas und Betas und nur einer Handvoll bereits beanspruchter Omegas auskommen musste.

Daher die Notwendigkeit des Handels mit dem Shadowlands Sektor.

Wenn sich die Ash Wolf Omegas als fortpflanzungsfähig und paarungsfähig erwiesen, wären unsere Probleme gelöst.

Größtenteils ... Es gab immer noch einige, die glaubten, dass nur eine X-Clan Omega infrage käme, aber ich wurde von Minute zu Minute weniger wählerisch, vor allem, weil das schöne blonde Weibchen in der Mitte meines Bettes fest schlief.

Sie hatte meine Einladung, sich einzunisten, ernst genommen, sich in plüschiges Leinen gehüllt und sich in eines der Handtücher gewickelt. Vielleicht war es auch dasselbe, das ich nach dem Bad um sie gewickelt hatte.

Sie hatte das Hemd, das ich ihr zur Verfügung gestellt hatte, als Kopfkissen benutzt.

Ich lächelte. Ob sie es merkte oder nicht, sie hatte sich effizient in meinem Duft gebadet. Das gefiel mir sehr.

Ihre Augen öffneten sich langsam und enthüllten ein Paar wunderschöne blaue Iris, die mich träge anschauten. Sie erschrak nicht und schreckte auch nicht zurück, sie beobachtete mich nur, während ich sie beobachtete, und wir warteten beide darauf, dass der andere einen Schritt machte.

Ich wollte mit ihr laufen, sie in ihrem neuen Zuhause herumführen und ihr alles zeigen. Aber sie so eingekuschelt und entspannt vorzufinden, brachte mich auf so viele andere Ideen.

Wie zum Beispiel, in ihr Nest zu klettern und sie zu halten.

Sie innig zu küssen.

Sie an ihrem kleinen sicheren Zufluchtsort zu ficken und meinen Duft zu hinterlassen, damit sie später Trost darin suchen konnte.

Ich war seit fast einhundert Jahren am Leben und sehnte mich nach einer Partnerin. Da ich endlich eine brauchbare Kandidatin gefunden hatte, wollte ich sie für mich beanspruchen, bevor irgendjemand anderes eine Chance dazu hatte. Niemand würde mir etwas vorwerfen. Nicht einmal Ander. Aber Dacianas Vergangenheit machte es notwendig, vorsichtig vorzugehen. Wenn ich sie so nehmen würde, wie mein Wolf es wollte, würde sie mich in demselben Licht sehen, wie die Alphas, die ihre Mutter zerstört hatten. Und ich weigerte mich, das geschehen zu lassen.

„Hast du Hunger?", fragte ich leise. „Ich habe Frühstück gemacht."

Sie streckte die Arme über ihren Kopf und seufzte, als ihre nackte Haut auf die Seide meiner Laken traf. „Ich habe nicht mehr so tief geschlafen, seit …" Sie brach ab, rümpfte die Nase und seufzte dann. „Nun, seit langer Zeit."

Meine Lippen verzogen sich zu einem Lächeln. „Willst du den ganzen Tag in deinem Nest liegen, anstatt rennen zu gehen?" Ich würde es ihr nicht verübeln. Sie hatte ein hartes Leben hinter sich, wie es schien.

„Nein. Ich will deine Berge sehen." Sie setzte sich auf und das Handtuch rutschte an ihren Brüsten herunter. Anstatt es wieder hochzuziehen, seufzte sie, völlig entspannt. „Du hast Eier gemacht."

„Habe ich."

Ihre kleine Nase zuckte. „Und etwas Herzhaftes."

„Speck."

„Hm." Sie belohnte mich mit einem kleinen Lächeln, dem ersten, das ich von ihr sah, seit sie angekommen war. „Ich mag Eier."

„Ich auch." Ich ging in die Hocke, damit unsere Blicke auf gleicher Höhe waren und ich nicht über ihr schwebte. „Soll ich sie dir hierher bringen, oder möchtest du dich zu mir ins Esszimmer gesellen?"

Ihre blauen Augen starrten scharf in die meinen. Gerade als ich befürchtete, dass sie wieder in ihre schweigsame Gewohnheit verfallen könnte, murmelte sie: „Du machst mir den Hof."

„Ja." Es hatte keinen Sinn, das Offensichtliche zu

verbergen. Gestern Abend waren sowieso alle meine Karten aufgedeckt worden. Nicht, dass ich irgendetwas davon gewollt hätte, aber als Dušan angeboten hatte, sie zurückzunehmen, hatte ich instinktiv reagiert und die Möglichkeit eines Tausches verweigert. Ich wollte derjenige sein, der ihr bei der Heilung half, denn mein Wolf hatte bereits entschieden, dass sie mir gehörte. Ich wusste nicht, wann oder wie es passiert war, aber ich wusste es besser, als gegen das Schicksal anzukämpfen.

Sie verfiel wieder in diesen nachdenklichen Zustand und musterte mich eingehend.

Dann nickte sie. „Okay." Ein einfaches Wort, das so viel mehr zu bedeuten schien. Akzeptanz, vor allem. Aber auch ein Hauch von Erleichterung und vielleicht ein Hauch von Vergnügen.

Sie kroch aus ihrem Nest und ihre zierliche Gestalt war völlig entblößt. Zum ersten Mal erlaubte ich mir, ihre leicht gewölbten Vorzüge zu betrachten.

Daciana war für meinen Geschmack ein wenig zu dünn, aber das ließ sich mit ein paar anständigen Mahlzeiten beheben. Sie war etwa dreißig Zentimeter kleiner als ich mit meinen 1,80m. Ihre Schultern waren schlank und ihre Brüste waren nicht gerade voll. Ihre Hüften ganz Frau und ihre intimen Löckchen waren blond, genau wie die Haare auf ihrem Kopf. Ihre Beine waren auf eine Weise wohlgeformt, was darauf schließen ließ, dass sie einen Lauf genießen würde.

Nachdem ich meine Bewunderung ihres Körpers beendet hatte, trat ich einen Schritt vor und fing ihren Blick ein. „Du bist eine wunderschöne Frau, Daciana", sagte ich ihr und streichelte ihre Wange.

Sie antwortete nicht, aber ihre blauen Augen waren auf die meinen fixiert.

*So nachdenklich.*

Es war kein Misstrauen, das ich in ihren Augen lauern sah, sondern Neugierde, während sie darauf wartete, was ich als Nächstes tun würde.

Ich beugte langsam den Kopf, um sie nicht zu erschrecken, und drückte meine Lippen auf ihre. Ich wollte sie nur kurz küssen, ihr einen Vorgeschmack auf das, was kommen würde geben, aber in der Sekunde, in der sich unsere Münder berührten, geriet meine Kontrolle ins Wanken.

Ich fuhr mit den Fingern durch ihr Haar und zog sie näher an mich heran, meine Zunge glitt in ihren Mund und traf auf ihre. Sie gab ein überraschtes kleines Jaulen von sich und hielt sich an meinen Armen fest, um das Gleichgewicht zu halten und dann schmolz sie mit dem süßesten kleinen Seufzer in meinen Armen.

Oh, diese Frau definierte die Bedeutung von Perfektion neu.

Sie passte zu mir wie ein Puzzleteil, von dem ich gar nicht gemerkt hatte, dass es im großen Plan meines Lebens fehlte. Und jetzt, wo sie sich in meinem Leben eingenistet hatte, konnte ich sie nicht mehr loslassen.

Ich drückte eine Handfläche auf ihr Kreuz, als meine andere Hand in ihrem Haar vergruben blieb, um ihren Kopf zu neigen und unseren Kuss zu vertiefen.

Ein leises Knurren erblühte in mir. Ich hatte nicht vor sie damit einzuschüchtern oder sie zu bedrängen.

Aber es ließ meine Wölfin erstarren, auch wenn ihre Erregung die Luft durchdrang. Sie wollte mich, ihr Körper reagierte ganz natürlich auf meinen Ruf, doch die Spannung, die ihren Rücken hinaufschoss, ließ mich innehalten.

Ich nahm meine Lippen von ihren und suchte in ihrem Blick nach einem Anhaltspunkt.

Abgrundtiefe Angst starrte mich an, ihre Pupillen so

geweitet, dass ich das Blau ihrer Iris nicht mehr sehen konnte. Ich runzelte die Stirn, verwirrt.

Ihre Erregung lag in der Luft, ihr Körper akzeptierte eindeutig meine Annäherungsversuche.

Aber dieser entsetzte Blick in ihren Augen war nicht der einer Unterwerfung oder Vergnügens.

War er die ganze Zeit über da gewesen? Hatte ich ihre Signale falsch gedeutet, als sie meinen Kuss erwiderte? Oder hatte ich sie mit meinem Knurren erschreckt?

„Was ist los?", fragte ich sie leise. „Was habe ich getan, um diesen Blick heraufzubeschwören?" Ich lockerte meinen Griff, ließ ihr Haar los und streichelte stattdessen ihren Nacken. „Sprich mit mir, Daciana. Ich muss wissen, was ich getan habe, damit ich denselben Fehler nicht noch einmal mache."

Ihre Kehle arbeitete lautlos, als sich ein heftiger Schauer seinen Weg durch sie hindurch bahnte. Ich hob sie in meine Arme und legte sie zurück in ihr Nest, versuchte, sie mit der Sicherheit zu umgeben, nach der sie sich offensichtlich sehnte.

„Ich bringe dir deine Eier", sagte ich und drückte ihr einen Kuss auf die Stirn. „Aber sobald du dich beruhigt hast, erwarte ich eine Antwort."

Denn ich konnte ihr nicht helfen, wenn sie nicht mit mir reden wollte.

Ich ließ sie in ihrem Zufluchtsort zurück und ging in die Küche, um die inzwischen kalten Frühstücksteller zu holen und sie ins Schlafzimmer zu tragen. Sie saß aufrecht, ihre Augen geweitet, aber weniger panisch, als ich zurückkam. Ich stellte die Teller auf dem Nachttisch ab, schleppte einen der Stühle aus meiner Sitzecke herbei und stellte ihn neben das Bett. Daciana beobachtete jede Bewegung und erinnerte mich an die Art und Weise, wie ein Lamm einen heranpirschenden Wolf beobachtet. Als ich mich setzte und ihr das Essen reichte, nahm sie es an und hob die Gabel auf, die über ihren Eiern lag.

Wir aßen schweigend und waren beide mit dem starrendem Spiel beschäftigt, welches sie zu mögen schien.

Analysierend.

Überlegend.

Abwartend.

Dieses Mal würde sie diejenige sein, die das Schweigen brach. Nicht ich …

Und das muss ihr klar gewesen sein, denn als sie alle Häppchen von ihrem Teller aufgegessen hatte, räusperte sie sich und belohnte mich mit ihrer vollen Aufmerksamkeit.

„Sie knurrten, als sie sie nahmen. Haben sie dazu gebracht, es zu wollen, auch wenn sie geschrien hat, dass sie aufhören sollen."

„Mein Gott", hauchte ich, und mein Magen drehte sich um, trotz des Frühstücks, das ich gerade verschlungen hatte. „Scheiße, Daciana." Ich hatte keine Ahnung, was ich noch sagen sollte.

Eigentlich, konnte ich nichts sagen, um die Situation besser zu machen.

So wie sie es beschrieb … „Warst du dabei?", fragte ich, und ein neu gefundenes Grauen erfüllte meine Gedanken. „Haben sie dir auch wehgetan?"

Sie schüttelte schnell den Kopf, dann nickte sie, dann schüttelte sie ihn wieder. „Nein. Ich meine, ja. I-ich war in der Nähe. Aber sie haben mich nicht angefasst."

„Warum nicht?", fragte ich mich laut und merkte dann, wie das klang. „Tut mir leid, das kam falsch rüber. Ich verstehe es nur nicht, weil du eine Omega bist."

Warum sollten sie eine Beta ihr vorziehen? Nicht, dass ich wollte, dass sie sie anfassten. Es ergab einfach keinen Sinn.

„Diese Alphas bevorzugten den Schmerz." Sie schluckte

und schloss die Augen. „Betas können es nicht so ertragen w-wie ich."

„Sie haben ihr ihre Knoten aufgezwungen", erkannte ich laut, angewidert. Es gab einen Grund, warum Alphas Omegas bevorzugten, und der ging über die Fortpflanzung hinaus. Ihre Körper waren buchstäblich dafür gebaut, unsere Art von Aggression zu empfangen.

Und jetzt ergab ihr Zögern auch einen Sinn.

„Sie hielten dich in der Nähe, um ihre Brunst einzuleiten." Da sie die Omegas riechen konnten, konnten sie ihre Körper austricksen, damit sie reagierten.

Ich hatte schon einige Betas gehabt, um meine Bedürfnisse zu befriedigen, aber nie so. Und ich habe *immer* für die Nachsorge gesorgt.

„Gut, dass Dušan diese Männchen getötet hat", fügte ich hinzu, meine Stimme ein leises Knurren. „Sonst wäre ich auf dem Weg in den Shadowlands Sektor, um diese Arschlöcher einem echten Alpha vorzustellen." Denn *verdammt*, diese Art der Behandlung war so verdammt falsch.

Hatte ich schon mal ein Weibchen beim Sex getötet? Ja — einen Menschen. Nachdem ich sie mit Ander geteilt hatte.

Ein einziges Mal.

Nie wieder.

Weil keiner von uns die Nachwirkungen ertragen konnte.

Deshalb verlangte ich von Ceres, dass er unseren sterblichen Neuzugang in einen Gestaltwandler verwandelt. Ich wollte sie mit Ander verführen, aber zuerst musste sie unzerbrechlich sein. Natürlich hatte sich herausgestellt, dass sie bereits ein Teil eines X-Clan-Wolfs war, und auch eine Omega. Also löste dieser Plan sich sofort in Luft auf.

Aber der Punkt war … „Das ist falsch." Ich schüttelte meinen Kopf und versuchte, ihn von den Bildern zu befreien, die in meinem Kopf tobten. „So verdammt falsch.

Ein Paarungsknurren ist dazu da, um zu verführen, nicht um als Mittel zur Vergewaltigung benutzt zu werden."

„Wenn das stimmt, warum macht es dann ein Weibchen feucht, auch wenn sie nicht erregt werden will?", konterte Daciana und ihr Blick strahlte eine Intelligenz aus, die ihre Attraktivität nur noch mehr steigerte.

Ich nahm Dacianas Teller, stellte ihn auf meinen und platzierte beide auf den Boden, bevor ich mich auf das Bett kniete. Sie legte sich hin, ihr Puls schlug hoch, während sie mich in der ruhigen Art beobachtete, die typisch für sie zu sein schien.

„Alphas stehen aus einem bestimmten Grund an der Spitze der Hierarchie. Wir sind stärker und schneller, sind die buchstäblichen Spitzenraubtiere der Welt. Es liegt in unserer Natur, uns paaren zu wollen, zu dominieren, zu behaupten und so wurden uns bestimmte Gaben gegeben, die es uns ermöglichen, unsere Ziele zu erreichen." Ich kletterte in ihr Nest und nahm sie in die Arme, während ich mich auf ihre Hüften stützte. „Wir können uns nehmen, was wir wollen, wann wir es wollen."

Sie schluckte, ihr Körper lag völlig ruhig unter meinem. „Ich weiß."

„Ja, das weißt du", stimmte ich zu und legte den Kopf schief. „Aber nur weil ein Alpha etwas tun kann, heißt das nicht, dass er es auch tun sollte. Das Knurren ist dazu da, um zu locken, und wenn es richtig eingesetzt wird, kann es zu erfreulichen Ergebnissen für beide beteiligten führen." Ich beugte mich hinunter, um meine Nase über ihre Wange gleiten zu lassen und meine Lippen an ihr Ohr zu drücken. „Ich könnte dich genau jetzt nehmen, hier, in der sicheren Zuflucht deines Nestes. Du würdest es genießen, würdest meinen Namen schreien und um meinen Schwanz kommen, während ich dich so tief verknote, dass dir das Atmen wehtun würde."

Ein Hauch von Angst vermischte sich mit dem süßen Duft ihrer Erregung und deutete auf einen Kampf hin, der sich in ihr abzeichnete, als ihr Körper gegen die Erinnerungen an ihre Vergangenheit kämpfte.

Ihr Wolf wollte mich.

Daran hatte ich keinen Zweifel.

Aber ihr Verstand, nun, der brauchte mehr Überzeugungskraft.

„Wir wissen beide, wie leicht es wäre, deine Akzeptanz zu erzwingen, Kleines", flüsterte ich und leckte an ihrer Ohrmuschel. „Ich kann dein Interesse sogar jetzt schon riechen. Aber ich werde dich nicht nehmen, Daciana." Ich kraulte ihren Hals, dann zog ich mich zurück, um ihr tief in die Augen zu sehen. „Willst du wissen, warum, Baby?"

Ich strich mit meinen Lippen über ihre, hielt ihren Blick die ganze Zeit, spürte ihre Unfähigkeit, unter dem Ansturm der Gefühle zu sprechen, die ich gerade in ihr geweckt hatte.

Ihr gefiel, was ich tat, und ein Teil von ihr wollte, dass ich sie mit Gewalt nahm, denn das würde ihr einen Grund geben, mich zu hassen.

Traurigerweise wusste ich es besser, denn im Gegensatz zu den Alphas aus ihrem früheren Sektor, behielt ich über meine Triebe die absolute Kontrolle. Ich benutzte sie nie, um einen anderen Wolf absichtlich zu verletzen.

„Ich werde dich nicht ficken, denn es ist die Pflicht eines Alphas, sein Weibchen zu respektieren. Ich weiß, dass du noch nicht bereit bist, auch wenn dein Körper etwas anderes sagt." Ich streifte mit den Zähnen über ihre Unterlippe und knurrte leise, um meinen Standpunkt zu unterstreichen. „Du hast recht damit, dass Knurren bestimmte Reaktionen hervorruft, auch wenn du das gar nicht willst. Deshalb liegt es am Alpha, den Unterschied zwischen Zustimmung und erzwungenem Vergnügen zu kennen."

Sie bebte unter mir, ihre Augen schlossen sich mit einem

Stöhnen, als ihr Lustsaft zwischen ihre Schenkel drang, sowohl als Reaktion auf meine Aufforderung als auch auf meine Berührung.

Ich wanderte mit meinem Mund über ihren Kiefer und zurück zu ihrem Ohr. „Mach dir keine falschen Hoffnungen, Omega. Ich werde zwar dein Vergnügen erzwingen, aber es wird erst passieren, wenn du es willst und nicht, weil ich mit einem Knurren deine Mitte feucht werden lassen habe." Ich versiegelte meine Lippen an ihrem Hals und saugte leicht, bevor ich sie freigab. „Jetzt lass uns eine Runde joggen gehen. Ich glaube, wir können beide die körperliche Entspannung gebrauchen."

# DACIANA

MEINE BEINE ZITTERTEN bei jedem Schritt.

Nicht wegen des Schnees, der meine neuen Stiefel bedeckte, oder wegen der Art und Weise, wie meine Jeans an meinen Waden klebte, oder wegen der Anstrengung, die es erforderte, diesen winterlichen Pfad den Berg hinaufzulaufen.

Nein, meine Oberschenkel zitterten wegen Elias.

Wegen seiner Worte.

Wegen der Art, wie seine Zähne meinen Hals gestreift hatten.

Seiner Dominanz.

Der Hitze.

Oh, wie sich seine Lippen auf meiner Haut anfühlten.

Ich schloss die Augen, rief mir jede Empfindung noch einmal ins Gedächtnis und stöhnte fast, als sich der tief sitzende Schmerz in mir festsetzte und ich unruhiger wurde.

Er wusste es auch. Das war der Zweck seiner kleinen Show der Dominanz im Schlafzimmer gewesen. Er wollte mir zeigen, wie leicht er mich nehmen konnte, unabhängig von meiner mentalen Zustimmung. So wie er mich zwang, zu sehen, wie gut er den Drang unter Kontrolle hatte.

Es hatte keinen Zweifel daran gegeben, dass er mich begehrte. Der Beweis dafür war eine offensichtliche

Ausbeulung in seiner Hose gewesen, als er mich unter seinem viel größeren Körper begraben hatte. Nicht ein einziges Mal hatte er sich an mir gerieben oder nach Befriedigung gesucht. Das alles war eine Demonstration seines Könnens und seiner Fähigkeit, die Kontrolle zu behalten.

Es hatte auch bewiesen, dass er meine Körpersprache sehr gut lesen konnte, denn in der Sekunde, in der ich auf sein Knurren reagierte, hielt er inne und verlangte zu wissen, warum ich vor Angst erstarrte. Aber anstatt mich zu zwingen, ihm sofort zu antworten, erlaubte er mir zu essen.

Das Männchen war ein wandelndes Rätsel.

Ich verstand ihn nicht.

Er reagierte nicht so, wie es ein Alpha tun sollte.

Oder … vielleicht verhielt er sich so, wie es ein echter Alpha tun sollte, und die aus meiner Erfahrung waren gar keine echten Alphas.

Jedes Männchen, an dem wir auf unserem Weg zu diesem Pfad vorbeikamen, hatte mich mit leichter Neugierde angeschaut, aber mehr nicht. Keiner hatte versucht, mich anzufassen. Keiner nannte mich einen kleinen Wolf und keiner hatte meine Omega-Gene herabgesetzt. Niemand sagte auch nur ein einziges unfreundliches Wort, bestenfalls einen Gruß, bevor er uns zu unserem Erkundungsnachmittag entließ.

Elias hatte mir den Stadtplatz gezeigt.

Er hatte mir die verschiedenen Straßen erklärt, wie sie miteinander verbunden waren, welche Wege man nehmen musste, um die Kuppel zu verlassen, und er ging sogar so weit, mir die Technik und die Zahlenkombinationen zu erklären, welche für das Verlassen der Kuppel wichtig waren. So führte er uns zu unserem jetzigen Standpunkt am Berghang, weg von dem schützenden Glas, das seinen Sektor bedeckte.

„Hast du Schutzmaßnahmen gegen die Infizierten getroffen?", fragte ich, als wir uns fortbewegten.

„Nicht nötig. Sie kommen nicht hier hoch."

„Warum nicht?"

„Weil wir immun gegen sie sind", antwortete er. „Sie mögen nicht, wie wir schmecken oder wie wir auf ihre Nähe reagieren, also bleiben sie weg. Deshalb lebt eine Kolonie von Menschen in den Höhlen dort drüben." Er deutete in Richtung Westen.

„Ihr erlaubt den Menschen, sich in eurer Nähe aufzuhalten?"

Er hob eine Schulter. „Ander schon. Solange sie uns aus dem Weg gehen, belästigen wir sie nicht, obwohl sie ab und zu ein guter Zeitvertreib sind."

„Zum Ficken?"

Er sah mich an, und sein Blick war amüsiert. „Für jemanden, der so viel Angst davor hat, sich mit einem Alpha zu paaren, scheinst du ziemlich auf Sex fixiert zu sein, Prinzessin."

Ich schnaubte. „Du bist ein Alpha. Alles, woran du denkst, ist ficken."

„Ich bin ein Mann, Schätzchen. Diese Tatsache treibt meine Triebe zuallererst an."

Er hielt inne, um unsere Umgebung in Augenschein zu nehmen, als er hinzufügte: „Und nein. Ich benutze keine Menschen für Sex. Die gehen zu leicht kaputt."

„Du benutzt stattdessen Betas."

Ein Muskel pochte in seinem Kiefer, bevor er mich ansah. „Ich habe noch nie eine Beta geknotet. Aber ja, ich ficke Betas. Weil wir keine Omegas haben."

„Außer mir." Und dem anderen Weibchen, das ich ständig roch.

„Außer dir." Er atmete aus und rieb sich mit der Handfläche den Nacken. „Scheiß drauf ... Ja, ich habe

Frauen einiges angetan, was ich bereue. Aber ich habe nur eine einzige getötet, einen Menschen, weshalb ich sie nicht mehr ficke. Was die Frauen aus meiner Vergangenheit angeht, hast du zwei von ihnen auf unserem Weg hierher kennengelernt. Es ist völlig einvernehmlich und ich kümmere mich um sie."

*Ich habe zwei von ihnen getroffen?* Fast hätte ich gefragt, wen, aber er machte einen bedrohlichen Schritt nach vorne und Irritation strömte in Wellen aus ihm heraus.

„Ich hoffe wirklich, das war genug Information für dich, Prinzessin, denn ich werde dieses Thema nicht noch einmal ansprechen." Er umfasste mein Kinn und hielt mich streng, aber nicht harsch fest. „Ich mag wilden Sex, und ja, ich bevorzuge Schmerz bei meinem Vergnügen. Ich bin ein Alpha. Ich verlange Unterwerfung. Aber ich töte keine Weibchen zum Vergnügen." Sein Kiefer spannte sich an, was mich die Stirn runzeln ließ.

„Was noch?", fragte ich und bemerkte den Hauch von Unentschlossenheit in seinem Blick. „Was willst du mir noch sagen?"

Er knurrte als Antwort, aber es war nicht die sexuelle Art, eher als leise Warnung, dass ich ihn über eine Art von Komfortniveau hinausgedrängt hatte.

„Ich habe Ceres kürzlich befohlen, einen Menschen in einen Wolf zu verwandeln, damit ich sie ficken kann. Irgendetwas an ihr hat meine Alpha-Instinkte geweckt. Faszinierenderweise hatte sie Omega-Genetik in ihrem Blut. Jetzt ist sie eine X-Clan Omega." Er ließ mich los. „Ander will sie für sich beanspruchen."

Ah, das war das Weibchen, das ich immer witterte.

Interessant …

Elias wartete und sein Ausdruck verhärtete sich, als ich nichts erwiderte. Falls er erwartet hatte, dass mich sein Eingeständnis störte, tat es das nicht. Ich war unter Alphas aufgewachsen, die den Menschen und anderen viel Schlimmeres angetan hatten.

Was mich mehr ärgerte als seine Taten, war die Tatsache, dass er das Weibchen genug wollte, um sie in einen Wolf zu verwandeln.

Das deutete auf eine Verbindung hin, eine, die er erforschen wollte.

„Was wäre passiert, wenn Ander sie nicht beansprucht hätte?"

„Er hat sie noch nicht beansprucht", korrigierte er. „Aber das ist ein strittiger Punkt. Sie ist bereits mit seinem Kind schwanger."

„Und wenn er es nicht getan hätte?", drängte ich.

„Fragst du, ob ich ihr den Hof gemacht hätte?", gab er zurück und wölbte eine Braue.

Ich reckte mein Kinn vor und wölbte ebenfalls eine Braue. „Hättest du ihr den Hof gemacht?"

„Ich hatte nie die Gelegenheit zu sehen, ob es da eine Verbindung gibt, also weiß ich es nicht." Er trat näher, die Wärme seines Körpers rollte über meinen, sogar durch unsere Kleidung hindurch. „Sie spricht mich nicht so an wie du es tust, wenn du es genau wissen willst."

„Ich bin mir nicht ganz sicher, ob ich das wissen will", gab ich zu und blickte in seine mitternächtlichen Augen. Seine Iris war so hypnotisch, wie ein Pool der Energie, in dem ich mich verlieren wollte. Es fesselte mich und machte mir gleichzeitig Angst. „Ich glaube nicht, dass ich jemals jemanden wie dich getroffen habe, Elias."

Seine Lippen verzogen sich nur ein wenig. „Das Gefühl beruht absolut auf Gegenseitigkeit, Prinzessin." Er neigte seinen Kopf zur Seite. „Bereit, eine Runde zu rennen?"

Ich nahm die Landschaft in mich auf und betrachtete das endlose Feld aus Schnee und Bäumen um uns herum. „Bist du sicher, dass es keine Infizierten gibt?" Ash Wolves waren nicht immun gegen die zombieartigen Kreaturen wie seine Artgenossen, also musste ich vorsichtig sein.

„Ganz sicher", antwortete er. „Ich würde dich nicht einer solchen Gefahr aussetzen, Daciana."

Ich konzentrierte mich wieder auf ihn und bemerkte die Aufrichtigkeit in seinem Blick. „Okay." Ich sehnte mich danach, mein inneres Tier zu befreien, das neue Terrain unter meinen Pfoten zu spüren und mich in den Hügeln aus flauschigem Schnee zu wälzen, die uns umgaben. So schön und anders als mein Zuhause.

Ganz zu schweigen von den Gerüchen.

Hmm, ja.

Ich zog meinen Pullover, meine Stiefel und meine Jeans aus, alles Dinge, die Elias mir zur Verfügung gestellt hatte. Er behauptete, sie seien ein Geschenk von Doktor Riley. Ich faltete die geliehenen Sachen sorgfältig zusammen und drehte mich mit dem Gedanken um, Elias genauso nackt vorzufinden, wie ich es war.

*Oh.*

Einen nackten Mann zu sehen, war nicht neu. Gestaltwandler liefen die ganze Zeit ohne Kleidung herum.

Aber dieses Männchen in nichts als Fleisch zu sehen, war ... nun, es war sehr neu. In der Tat sehr neu.

Wow, verdammt. *Prachtexemplar* war ein Wort, das mir bei seinem Anblick in den Sinn kam. Es zeichneten sich massiv ausgeprägte Muskeln von Kopf bis Fuß ab, was ziemlich typisch für einen Gestaltwandler war, aber bei ihm wirkte es noch intensiver. Viel maskuliner. Verlockender ...

Ich trat vor und es juckte mich unter meinen Finger, um zu sehen, ob er sich so kraftvoll anfühlt, wie er aussah. Als ich seinen Oberkörper abtastete, stellte ich fest, dass er außergewöhnlich muskulös war, und heiß dazu.

*Viriler Mann*, lautete die Einschätzung meiner Wölfin. *Mein Männchen.*

Ich drückte meine Nase an seine Brust, atmete tief ein und seufzte bei seinem nun vertrauten Duft auf ... ein holziges Gewürz, das mir geholfen hatte, mich in den besten Schlaf meines Lebens zu wiegen.

Er beugte sich herunter, um an meinem Haar zu schnuppern und seine Lippen streiften meinen Kopf.

Meine Arme legten sich um seine Taille, zogen ihn näher heran und ich verlor mich in seiner Männlichkeit und Stärke. Der Drang, ihn zu besteigen, meine Lippen mit seinen zu vereinen, traf mich mitten in den Unterleib und entlockte meinen Lippen ein kleines Stöhnen.

Seine Brust brummte als Antwort.

Nicht in einem Knurren, sondern in diesem beruhigenden Schnurren, das ich im Labor genossen hatte. Ich rieb meine Wange an seiner Brust, direkt über seinem Herzen, und sehnte mich danach, es wieder zu hören, und er beschenkte mich mit einer weiteren sanften Vibration.

Ich entspannte mich und mir war trotz der kühlen Erde unter meinen nackten Füßen warm.

Er legte seine starken Arme um mich und hielt mich einfach nur fest, seine Lippen in meinem Haar.

„Danke", hauchte ich und kuschelte mich an ihn. „Ich danke dir, Elias."

Diesmal schwieg er, vielleicht weil er nicht wusste, was er antworten sollte. Ein kleines Lächeln umspielte meine Lippen bei dem Gedanken, dass ich den Alpha sprachlos gemacht hatte. Außerdem gefiel mir die Reaktion, die ich an meinem Unterbauch spürte, wo sein gut bestücktes Geschlechtsteil an meinem Bauch ruhte.

Heiß.

Hart.

*Alpha*.

Erregung brach in mir aus und befeuchtete meine Mitte als Reaktion darauf, aber ich gab ihr nicht nach. Ich wollte zuerst laufen und noch mehr als das wollte ich seinen inneren Wolf kennenlernen.

„Zeig mir dein Fell", flüsterte ich und ließ ihn los. „Ich habe noch nie einen X-Clan Wolf getroffen."

„Genauso wie ich noch nie eine Ash Wolf Wölfin getroffen habe, zumindest nicht in Wolfsgestalt." Er trat einen Schritt zurück und warf mir einen wissenden Blick zu. „Ich zeige dir meins, wenn du mir deins zeigst."

„Abgemacht." Ich hörte in mich hinein, um meine innere Wölfin zu streicheln, rief sie an die Oberfläche und lächelte, als sie sofort auf mein Stichwort reagierte.

Sich zu verwandeln tat immer auf die beste Art und Weise weh, als würde ich in meiner wahren Form wiedergeboren. Ich zog es oft vor, ein Wolf zu sein und tagelang auf allen Vieren zu bleiben. Meine Mutter hatte mich immer eine Einzelgängerin genannt. Andere hänselten mich wegen meiner geringeren Größe im Vergleich zu denen in meinem Dorf, aber ich war die einzige Omega. Sie waren alle Alphas und Betas und damit deutlich größer.

Mein Wolf war vielleicht von der Statur her etwas kleiner, aber das half mir, schneller zu laufen als fast alle, die ich kannte. Ich konnte auch in Räume hineinkriechen, in die sie nicht hineinpassten, was mir erlaubte, mich, falls nötig zu verstecken, was weit mehr war, als ich zugeben wollte. Aber ich fand Zuflucht in meiner tierischen Hälfte, genoss es, mich einzugraben und auf der Lauer zu liegen.

Geduld war eine meiner größten Stärken, denn so überlebte ich in einer Welt des Wahnsinns.

Viele benutzten ihre Zähne oder Fäuste. Ich wählte meinen Verstand. Ich beobachtete und analysierte und wartete auf den richtigen Zeitpunkt, um zu reagieren. Ich würde es nie anders haben wollen.

Mit einem Seufzer öffnete ich die Augen und schüttelte meinen aschfarbenen Mantel. Braune Streifen durchzogen mein Fell, ebenso wie weiße Flecken, welche mir eine hellere Farbe verliehen, sodass ich im Wald bestens getarnt war.

Hier würde ich mich sicherlich vom Schnee abheben. Aber im Sommer konnte ich mich hoffentlich in der Nähe der Baumstämme und der Erde verstecken, wie ich es zu Hause tat.

Ein Zwicken an meinem Hinterbein ließ mich herumwirbeln, und ich fand mich einem riesigen schwarzen Wolf mit ebenholzfarbenen Augen gegenüber.

*Oh Gott.*

Elias war riesig und so unglaublich gutaussehend.

Wir gingen umeinander herum, beschnupperten und beschnüffelten uns und stellten uns noch einmal vor. Sein holzig-würziger Geruch blieb, aber sein Fell war weicher als alles, was ich je zuvor gefühlt hatte. Ich hatte den Verdacht, dass ihm mein Fell ein bisschen struppig vorkommen könnte.

Bei unserer dritten Runde stieß sein Kopf gegen meinen, und die Zuneigung in dieser Berührung veranlasste mich, die Geste zu erwidern. Er grummelte und beschenkte mich mit einem Knurren, welches so einzigartig war. Ich lehnte mich an ihn, um mehr von seiner herrlichen Stärke in mich aufzunehmen.

Unsere Wölfe schienen zueinander zu passen, seine Größe übertraf meine auf die beste Weise.

Ich tänzelte um ihn herum und war aufgeregt und neugierig, wie schnell er laufen konnte.

Seine Ohren spitzten sich, als er meine Herausforderung spürte. Der glühende Blick in seinem Gesicht forderte mich heraus, die Verfolgung aufzunehmen.

Ich wusste, was passieren würde, wenn er mich erwischte.

Der Alpha in ihm würde mich zwingen, mich zu unterwerfen und wenn wir in unseren menschlichen Zustand zurückkehrten, würde er mich nehmen.

Er hatte mir deshalb die Wahl gelassen, das Spiel zu beginnen, um sicherzustellen, dass ich den Einsatz verstehe.

Ich war keine Jungfrau mehr, war aber auch nicht wirklich erfahren.

Meinen ersten Brunstzyklus durchlief ich mit einem Beta-Männchen. Sein Samen war nicht einmal stark genug, um meine Gebärmutter zu befruchten oder mich von meinen Qualen zu befreien.

Nach ihm durchlief ich alle meine Brunstzyklen allein im Wald, wo mich niemand finden oder riechen konnte. Jedes Mal hatte es mehr geschmerzt als alles andere in meinem Leben. Mein intensives Bedürfnis, mich fortzupflanzen, blieb immer unbefriedigt. Aber das war mir lieber, als ein unwürdiges Männchen zu betten.

*Dieses Männchen war nicht unwürdig.*

Irgendetwas sagte mir, dass es nicht funktionieren würde, sich für meinen nächsten Zyklus in den Wäldern des Andorra Sektors zu verstecken.

Ich musste mich entscheiden.

Das war es, mein Schicksal. Ich musste hier im Andorra Sektor ein Alphamännchen anlocken. Um mich zu paaren und um zu beweisen, dass Ash Wolf Omegas und X-Clan Alphas sich fortpflanzen konnten ... oder nicht.

Elias hatte die Entscheidung getroffen, mich zu umwerben.

Es lag an mir, das Werben zu akzeptieren.

Nach zwei Tagen in seiner Gesellschaft wusste ich alles, was ich über ihn wissen musste. Die meisten Wölfe brauchten weniger Zeit, um das Gelingen einer Paarung festzustellen, und wenn ich ehrlich zu mir selbst war, wusste ich von dem Moment an, als ich ihn getroffen hatte, dass er ein angemessener Kandidat war.

Ein starker, mächtiger Alpha. Meine Wölfin würde sich

glücklich schätzen, ihn allein aufgrund dieser Eigenschaften einen Gefährten nennen zu können.

Doch es war das Gesamtpaket, das ich begehrte.

Seine Sorge um mein Wohlergehen.

Seine beschützende Natur.

Die Art, wie er geduldig dastand und auf meinen nächsten Schritt wartete.

Wie er mir Momente der Ruhe und Besinnung gestattete.

Das Nest, das er mit mir teilte.

Er hatte sich mehr als bewährt, ein würdiger Wolf. Es war Zeit für uns zu tanzen, die Grenzen unserer Kameradschaft auf die älteste aller Arten zu testen.

*„Fang mich, falls du es schaffst, Alpha"*, sagte ich ihm mit meinen Augen, dann rannte ich im Eiltempo den Berg hinauf.

# ELIΛS

DACIANA WAR VERDAMMT SCHÖN. Ihr aschfarbenes Fell war anders als alles, was ich je gesehen hatte. Ich hätte sie stundenlang anstarren können und hätte mich nie gelangweilt, aber sie hatte eine andere Beschäftigung im Sinn. Sie flog den Pfad hinauf mit einer Geschwindigkeit, die das Raubtier in mir ansprach.

Ich folgte ihr mit einem wölfischen Grinsen und bewunderte die Art und Weise, wie ihre Pfoten bei jedem Galopp leicht über die Erde strichen. Sie hinterließ kaum einen Abdruck im Schnee, so schnell und effizient waren ihre Schritte.

Was auch immer für eine Schwäche sie nach dem gestrigen Laborbesuch geplagt hatte, war dank einer langen Nachtruhe und einem gesunden Frühstück längst verschwunden. Es war einer der vielen Vorteile, ein Gestaltwandler zu sein, aber das bedeutete nicht, dass ich Ceres wieder in ihre Nähe lassen würde. Ihre blauen Flecken waren weg, und ich wollte sicherstellen, dass niemand sie jemals wieder anfassen oder verletzen würde.

Die einzigen Flecken, die ich auf ihrer Haut sehen wollte, waren die, die in der Hitze der Leidenschaft entstanden. Markierungen, die sie gerne erhalten würde.

Keine Labore mehr.

Keine Experimente mehr.

Wir würden es stattdessen auf die altmodische Art machen.

Sie flitzte nach links, in die Bäume. Ich folgte ihr, sprang über Baumstämme und Schneehaufen und verfolgte meine zukünftige Gefährtin, während sie in ihrem neuen Terrain spielte. Meine Sinne blieben wachsam, überwachten jeden ihrer Schritte und stellten sicher, dass keine Bedrohung in der Nähe war. Es war zwar selten, dass es eine infizierte Kreatur so weit in unser Land schaffte, aber es kam immer wieder mal vor. Das letzte Mal hatten wir vor über einem Jahr einen Infizierten gesehen.

Wir hatten ihnen hier nichts zu bieten, außer einer kleinen Höhle mit ein paar Dutzend Menschen. Sie schützten sich recht gut und töteten jeden Infizierten, bevor er unsere Sektorenmauern erreichen konnte.

Das hielt mich aber nicht davon ab, jetzt vorsichtig zu sein, besonders da ich wusste, wie anfällig Daciana für einen Biss sein würde.

*Würde unser Kind immun sein?* Fragte ich mich, während ich sie einen Abhang hinunter verfolgte, der zu einer der vielen versteckten Nischen des Berges führte. Ob sie es nun wollte oder nicht, sie wanderte auf einem meiner üblichen Pfade und erkundete ihn mit ihrer Nase.

Daciana hüpfte über einen dicken Schneehügel und setzte dann zu einem weiteren Sprint an, der ihre Beweglichkeit und Kraft unter Beweis stellte. Es war fast so, als wollte sie sich als würdige Gefährtin erweisen und mir einen Einblick in ihr Können geben.

Mein Wolf reagierte in gleicher Weise, hielt mit ihr Schritt, während sie weiter erkundete, und gab ihr gleichzeitig die Sicherheit, die sie brauchte, um sich geborgen zu fühlen.

Ihr Verhalten änderte sich langsam von neugierig und

verspielt zu etwas anderem, während wir liefen. Sie blickte zu mir zurück, bemerkte meine Nähe und rannte wieder los.

Ich folgte ihr.

Sie lief schneller.

Also beschleunigte ich meinen Trab ebenfalls.

Bis wir erneut im um den Berg sprinteten und ihre Beine sie in einem unglaublichen Tempo trugen.

Meine Nase zuckte bei dem Hauch von Erregung, der von ihr ausging. Ein subtiler Duft, der meine Instinkte auslöste.

*Oh.*

Sie wollte, dass ich sie fange.

Das war ein Paarungstest.

Ein Weg, um zu sehen, ob mein Wolf den ihren ausmanövrieren und dominieren konnte.

*Herausforderung angenommen*, dachte ich. Nicht, dass sie mich hören konnte, aber sie würde es bald verstehen.

Ich beobachtete unsere Umgebung und suchte mir schnell den perfekten Platz, um sie auszuschalten. Ich musste sie nur an den richtigen Ort treiben.

Ein Zwicken in die Ferse brachte mir ein lautes Kläffen ein, als sie sich in die gewünschte Richtung drehte. Als sie anfing, abzuweichen, kniff ich sie erneut, was sie zum Knurren brachte. Wäre ich in menschlicher Gestalt gewesen, hätte ich gelächelt. Meine baldige Gefährtin hatte einige offensichtliche Indikatoren. So erwartete ich auch ihre Reaktion auf mein erneutes Knabbern an ihrem Bein.

Sie stieß ein Knurren aus, und ich stürzte sie in die Schneewehe, rollte den Hügel hinunter und direkt in eine kleine Nische im Hang. Ich drückte mit meiner Schnauze fest an ihrer Kehle und mein viel größerer Körper drückte ihren in die weiche Erde.

*Meine ...*

Ich ließ mich auf ihr nieder und wartete auf ihre nächste

Bewegung, in der Erwartung, dass sie sich winden oder versuchen würde zu kämpfen.

Sie tat nichts von alledem und begann stattdessen, sich wieder in die menschliche Form zu verwandeln.

Ich ließ sofort ihren Hals los und setzte meine eigene Verwandlung ein, um sie nicht versehentlich zu verletzen. Meine Klauen und Zähne und ihre zarten Haut waren keine gute Kombination.

Meine menschliche Gestalt erschien vor ihrer, was ein Zeichen meiner überlegenen Stärke war, aber sie war nicht weit dahinter.

Ich fuhr mit meiner Nase an ihrem Kiefer entlang und atmete den frischen Duft des geschmeidigen Weibchens ein. Wir waren vor den Elementen geschützt in einer kleinen Höhle eingeschlossen, die mit Erde und Felsen ausgekleidet war. Es roch nach Erde und Heimat, was meine animalische Seite sehr erfreute.

„Du hast mich gefangen", hauchte sie und ihr Herz galoppierte in ihrer Brust. Ich konnte das schnelle Tempo hören und spürte die Vibrationen, als wären sie meine eigenen.

„Das habe ich."

„Das macht dich zu einem würdigen Gefährten, Elias vom Andorra Sektor."

Ich lächelte zu ihr hinunter. „Vielen Dank, Daciana aus dem Shadowlands Sektor."

Sie erwiderte meine Belustigung nicht, sondern musterte mich nur auf ihre eindringliche Art. Diese Frau war anders als alle anderen, die ich je getroffen hatte. Ihre Augen verrieten selten etwas, aber ich konnte ihr Interesse riechen. Ich konnte auch die Hitze spüren, die zwischen uns aufblühte. Ihre Erregung lag in der Luft, die ihr Inneres überzog und meine männlichen Sinne anlockte.

„Mich hat noch nie jemand erwischt", gab sie flüsternd zu.

„Läufst du oft weg?", fragte ich und beobachtete sie aufmerksam.

„Immer." Sie schlang ihre Beine um meine Hüften und schmiegte ihre feuchte Mitte gegen meine wachsende Erregung. „Während jedes Mondzyklus verstecke ich mich. Alleine … Niemals von einem Alpha beansprucht."

Ich schluckte. Ihre geschmeidige Form strahlte ihr inneres Bedürfnis aus. Als Wolf zu laufen, erregte mich immer, machte mich high und bereit zum Ficken.

Und es schien, als würde es dasselbe bei ihr bewirken.

Sogar noch mehr, seit ich sie gefangen hatte.

Sie schien fast berauscht davon zu sein, ertrank in ihrem fiebrigen Bedürfnis, von dem Mann beansprucht zu werden, der sie einfing.

„Du bist noch nie verknotet worden."

Sie schüttelte den Kopf. „Nein. Meine einzige Erfahrung stammt aus meiner ersten Brunst, vor vielen, vielen Monden. Mit einem Beta-Männchen. Ich habe es gehasst."

Ich strich mit dem Daumen über ihre Wange und balancierte meinen Oberkörper auf meinen Unterarmen, die ich auf beiden Seiten ihres Kopfes abstützte. „Er konnte dich nicht befriedigen."

Wieder schüttelte sie den Kopf. „Es war furchtbar."

„Und du hast keinem der anderen Alphas in deinem Bekanntenkreis getraut, dir nicht wehzutun", fügte ich hinzu, meine Vermutung basierend auf der Geschichte, die sie detailliert erzählt hatte. „Also hast du dich versteckt."

„Ja. Meine Mutter hat mich gezwungen, während meines Zyklus wegzulaufen, weil sie wusste, was sie mir antun würden, wenn ich in ihrer Nähe in Brunst geriete. Also bin ich wie ein Feigling weggelaufen und habe mich versteckt, und sie haben mich nie erwischt."

„Du bist kein Feigling", sagte ich und stellte sicher, dass sie die Wahrheit in meinem Tonfall spürte. „Du hast die Alphas ausmanövriert. Du bist intelligent und mutig."

„Meine Mutter hat sie für mich abgelenkt", gab sie leise zu. „Meistens musste ich in ihrer Nähe bleiben, aber sie fand immer einen Weg, mir zu helfen, um die Zeit um den Vollmond herum zu fliehen."

*Verdammt.* Ich konnte mir nicht einmal ansatzweise vorstellen, was diese Ablenkungen erforderten. „Haben sie dich jemals gejagt?"

„Wenn ja, haben sie mich nie erwischt", flüsterte sie und blickte durch dichte, blonde Wimpern zu mir auf.

„Bis auf mich."

„Bis auf dich", stimmte sie zu und wölbte sich in mich hinein. „Mein Zyklus beginnt bald. Beim nächsten Vollmond."

„Ich weiß." Das war ein weiterer Unterschied zwischen Ash Wolf Weibchen und X-Clan Weibchen. Unsere Omegas durchliefen den Zyklus in ihren eigenen Intervallen. Aber nicht Daciana. Sie wurde jeden Monat für mehrere Tage am Stück läufig.

Ohne einen Alpha, der ihr Verlangen befriedigt, würde es ihr Schmerzen bereiten. Ich konnte mir nicht einmal vorstellen, was sie durchmachte, während sie sich jeden Monat versteckte, um ihr Rudel zu meiden.

Kein Wunder, dass sie all die Schmerzen im Labor ausgehalten hatte.

Dieses Weibchen war mutig, aufgrund ihrer Vergangenheit und abgehärtet durch ihre notwendigen Entscheidungen.

Eine starke Omega.

Meine perfekte Gefährtin.

„Wirst du mir helfen, das durchzustehen?", fragte sie

leise. „Oder soll ich noch einmal weglaufen und mich verstecken?"

„Du könntest es versuchen", antwortete ich, beugte mich hinunter, um meine Nase an ihrem Kiefer entlangzuführen und meine Lippen an ihr Ohr zu ziehen. „Aber ich würde dich wieder jagen, dich finden und dich ficken, bis du mich anflehst, aufzuhören."

Sie erschauderte, ihre feuchte Mitte überzog meinen Schwanz mit einer neuen Welle von Erregung.

Hm, es schien, als würde ihr der Gedanke daran gefallen.

Das Pulsieren meines Knotens zeigte, dass es auch mir gefiel.

„Ich weiß nicht, ob ich dir jemals sagen könnte, dass du aufhören sollst", murmelte sie und hielt sich an meinen Schultern fest. „Knurr einfach nicht. Bitte."

Meine Zunge kreiste um ihren pulsierenden Hals, schwelgte in dem gleichmäßigen, schnellen Schlag des Herzens, der unter ihrer Haut summte. Wenn ich sie beanspruchte, würde ich sie hier beißen und ihr leichtes Zittern bestätigte, dass sie das auch wusste.

„Kein Knurren", wiederholte ich und nahm ihr Limit zur Kenntnis. „Irgendwelche anderen Wünsche, Daciana?"

„Kein Teilen." Die Worte waren so leise, dass ich sie fast überhörte.

„Niemals", sagte ich und zog meine Zähne an ihrem Hals entlang, bevor ich meinen Kopf hob und ihren Blick mit meinem eigenen einfing. „Ich würde dich nie teilen."

Ihre blauen Augen flimmerten mit einer Emotion, die sie schnell hinter einer Maske des Mutes versteckte. „Tu mir nicht weh."

Ich legte den Kopf leicht schief und überlegte. „Kein Schmerz ohne Vergnügen", bot ich stattdessen an.

Sie runzelte die Stirn. „Es gibt niemals Vergnügen im Schmerz."

„Ganz im Gegenteil, Prinzessin. Manchmal wird das beste Vergnügen durch Schmerz unterstrichen." Ich demonstrierte es, indem ich ihre Unterlippe zwischen meine Zähne nahm, gerade scharf genug, um sie zusammenzucken zu lassen und dann mit meiner Zunge über die Stelle fuhr, bevor ich eintauchte, um sie mit einem hungrigen Kuss zu verwöhnen.

Ein Stöhnen glitt aus ihrem Mund zu meinem, ihre Nägel gruben sich in meine Oberarme, während sie ihre Hüften zur Begrüßung nach oben drückte.

„Wir werden Schmerz und Vergnügen aushandeln, während wir weitermachen." Ich sprach die Worte gegen ihren Mund, bevor ich ihr wieder in die Augen schaute. „Sonst noch irgendetwas?"

Sie drehte langsam ihren Kopf in die andere Richtung. „Nein. Sonst nichts."

„Wenn sich das ändert, sag es mir", sagte ich ihr und meinte es ernst. „Das funktioniert nur, wenn wir kommunizieren."

Das waren Worte, die ich nie zu einer anderen Frau gesagt hatte, vor allem, weil ich mich nie für eine andere interessierte, die ich fickte. Aber Daciana war anders. Ich wollte eine Zukunft mit ihr, während die anderen nur vorübergehende Vergnügungen waren, um meine animalischen Triebe zu befriedigen, und das taten sie, so wie ich ihre befriedigt hatte.

Aber dieser Moment hier ging viel tiefer als eine bloße Paarung.

Dies war der Anfang unserer gemeinsamen Zukunft.

Einer Beziehung, die dazu bestimmt war, die Zeit selbst zu überbrücken.

Ein Band zwischen einem Alpha und seiner Omega.

Daciana schluckte, ihre Pupillen weiteten sich, als sie ihre Fersen in meinen Hintern presste. „Ich akzeptiere diese

Bedingungen." Sie presste ihren nassen Spalt gegen meinen Schaft und stieß ein ungeduldiges Geräusch aus, das direkt durch meine Eier schoss. „Fick mich, Alpha. Fick mich jetzt."

Diesmal biss ich ihr vorwurfsvoll in die Unterlippe. „Der Einzige, der hier Befehle gibt, bin ich."

„Dann mach dich ans Werk, Alpha."

„Oh, kleine Omega", sagte ich und glitt zielstrebig durch ihre feuchte Hitze, um die Kuppe meines Schwanzes an ihrem Eingang zu positionieren. „Du hältst dich besser fest, Baby, denn ich bin dabei, dich in eine ganz neue Sphäre des Vergnügens und des Schmerzes einzuführen."

# DACIANA

Iᴄʜ ꜱᴄʜʀɪᴇ ᴀᴜꜰ, als er in mich eindrang, denn mein Körper war bei weitem nicht daran gewöhnt, einen Mann seiner Größe und seines Umfangs aufzunehmen. Meine Nägel bissen sich in seine Haut und meine Beine spannten sich um seine Hüften.

*Was zum Teufel habe ich da gewollt?*, fragte ich mich, schwindlig vor Schmerz. Ich wusste, es würde wehtun. Ich wusste, dass er sich in der Brunst verlieren würde. Ich wusste, es ... *Oh* ... Ich mochte die Art, wie er mich küsste, als ob es ihm wichtig wäre, dass ich unsere Paarung genoss. Er hielt mein Gesicht zwischen seinen Handflächen, sein Mund bewegte sich sanft gegen meinen, während er meine Zunge in einen sinnlichen Tanz verwickelte, der mich von dem Schmerz ablenkte.

Ich war mir nicht einmal sicher, wann das Schreien aufhörte und unser Kuss begann.

Aber jetzt wollte ich nicht mehr, dass es jemals endete.

Er schmeckte nach Gewürz und Mann, seine Lippen voll und prall gegen meine. So sinnlich. So köstlich. Mir entfuhr ein Seufzer.

Ich schmolz unter ihm dahin und meine Muskeln entspannten sich.

Er begann sich zu bewegen, da fiel mir auf, dass er sich

seit seinem ersten Eindringen nicht mehr bewegt hatte, sein Schwanz steckte in meinem Kanal, dehnte mich und zwang mich, ihm entgegenzukommen.

Jetzt glitt er fast hypnotisch hinein und hinaus. Langsam. Jeder Vorstoß schien ihn tiefer und tiefer zu bringen, sodass ich vor Überraschung die Augenbrauen hochzog.

*Beim ersten Mal war er noch nicht ganz drin,* stellte ich fest, und mein Herz fing an zu rasen.

Das bedeutete, dass er sich überhaupt nicht in der Brunst verloren hatte.

Er hatte sich völlig unter Kontrolle.

Ich staunte über diese Entdeckung, als sich in meinem Unterleib ein Feuer zu entzünden begann, das mit jeder Bewegung seiner Hüften heißer brannte. *Mehr,* dachte ich, und erwiderte seine Bewegung mit einer meiner eigenen.

„Oh", stöhnte ich in seinen Mund und wölbte mich stark in ihn hinein, als die Nerven zwischen meinen Schenkeln einen Ruck durch meine Wirbelsäule jagten. „Nochmal." Mein Kopf fiel zurück auf den Boden und mein Unterkörper krümmte sich vor Verlangen nach mehr.

„Du bist ein herrisches kleines Ding, nicht wahr?", neckte er und stieß seinen Schwanz mit einer Kraft in mich hinein, die meine Zähne klappern ließ.

Es hätte wehtun müssen.

Tat es aber nicht.

Denn ich spürte nichts außer dem brennenden Schmerz, der in mir loderte.

Ich brauchte mehr.

Seine Hitze.

Seine Kraft.

Seinen Mund.

Ich grub meine Finger in sein Haar und zog ihn zu mir herunter, küsste ihn ohne Angst vor Bestrafung oder

Zurückweisung. Ich nahm mir, was ich wollte, wie ich es wollte, und der erstaunliche Mann über mir ließ es zu.

Meine Fersen drückten auf seinen Hintern und flehten ihn an, mich noch härter zu nehmen.

Er tat es ...

Meine Nägel gruben sich in seine Kopfhaut und verlangten, dass er meinen Mund mit seiner Zunge fickte, so wie sein Schwanz mich aufspießte.

Er kam meinen Wünschen nach.

Alles, was ich verlangte, gab er mir. Sein Tempo steigerte sich, um meinem Stöhnen zu entsprechen. Er kippte sein Becken gegen meins, um mich dort zu treffen, wo ich ihn am meisten begehrte. Er umfasste meine Hüften, um mich so zu positionieren, dass mein Blut bei jedem Stoß zu kochen begann.

Es war perfekt.

Die großartigste Paarung meines Lebens.

Es übertraf alle meine Erwartungen.

Weil er mich bestimmen ließ, trotz meiner Position unter sich. Ich konnte es an der Art spüren, wie er meinen Körper las und auf meine Wünsche und Bedürfnisse mit geschickten Manövern reagierte.

Ich hatte keine Ahnung, was ich da eigentlich tat. Er musste es wissen. Dennoch folgte er meiner Führung, während er mir gleichzeitig kleine Bewegungen beibrachte, zum Beispiel, wie ich ihn mit einer leichten Neigung meines Beckens tiefer empfangen konnte.

Wie man küsste, ohne viel Sauerstoff zu verbrauchen.

Wie man streichelte und neckte und sich gegenseitig in den Wahnsinn trieb.

„Bitte", flehte ich ihn an und verlangte etwas, das ich nicht artikulieren konnte. Jedes Mal, wenn er meinen Kitzler berührte, wollte ich aufschreien, aber es war nicht genug.

Nicht einmal die wilden Stöße konnten mich zur Erlösung bringen.

Vielleicht musste ich läufig sein, um zu kommen.

Außerhalb der Brunst hatte ich es noch nie wirklich versucht.

Der Gedanke ließ mir eine Träne aus dem Auge gleiten. Ich fühlte mich angespannt, kurz vor dem Platzen, fast so wie damals, als ich ohne Mann in meinen Zyklus ging und keine Erleichterung in Sicht war.

Es brannte.

Schmerzte.

Ich kratzte vor Wut mit meinen Nägeln seinen Rücken.

Er biss mir zurechtweisend in die Lippe. „Geduld."

Als Antwort knurrte ich ihn fast an. Der Schmerz durchfuhr mich, ließ meine Augen noch feuchter werden, und ich stieß seinen Namen aus. Es war eine Warnung und ein Flehen in einem.

„Ich werde dich dorthin bringen", sagte er und zog seine Nase an meinem Wangenknochen entlang. „Und wir werden zusammen fliegen."

Ich wollte nicht fliegen. Ich wollte explodieren und mich von dieser wachsenden Qual befreien, wollte das Inferno, das sich in mir aufbaute, loslassen und mich zu einem Ball der völligen Stille zusammenrollen.

Aber das würde nie passieren.

Ich wusste es aus Erfahrung, hatte es so viele Male in einem Versteck meiner Wahl durchlebt. Nur, jetzt hatte ich einen Mann, der mir Trost spenden konnte, aber er hielt sich zurück und ich verstand nicht, warum!

Mein Mund klammerte sich um den Muskelstrang an seinem Hals und meine Zähne bohrten sich in seine Haut.

Er grummelte in seiner Brust als Antwort, was mich erstarren ließ.

Nur, dass es kein Knurren war.

Nicht ganz.

Eher ein wütender Laut, der sich mit Lust mischte.

*Ein Stöhnen.*

„Ich werde dich so tief verknoten, dass du mich anflehen wirst, dich freizulassen, aber ich werde es nicht tun", sagte er, wobei seine Stimme tief und verlockend klang. „Verdammt, Daciana. Du hältst mich so fest umschlungen. So perfekt." Er stieß in mich hinein, sodass wir beide aufschreien mussten.

Jetzt nahm ihn sein Instinkt ein.

Er zwang ihn in ein Muster der Gewalt.

Nur … mir gefiel es.

Jeder Stoß tat weh, steigerte aber auch den Druck, der sich in mir aufbaute und mich von innen heraus erhitzte.

Ich klammerte mich an ihn, meine Beine drückten gegen seine Schenkel, während ich mich mit aller Kraft festhielt, alles nahm, was er mir gab und noch mehr verlangte.

*Heiß.*

*Hart.*

Ich nahm sein Blut in meinem Mund wahr, was von meinem Biss stammte. Die Essenz schmeckte würzig und männlich. Ich leckte mir über die Lippen, sehnte mich nach einer weiteren Kostprobe, aber ich konnte mich nicht bewegen, denn seine Kraft war zu groß, um mich dagegen zu wehren. Ich hieß sie willkommen und schwelgte in ihr. Sehnlichst empfing ich jede Begegnung seiner Hüften.

Ich fühlte, wie er wuchs und spürte den Knoten, der an der Basis seines Schafts pulsierte.

Mein Innerstes spannte sich an, massierte den Teil von ihm, den ich unbedingt spüren wollte, und drängte ihn, sich zu lösen.

„Verdammt", stöhnte er mit einem Hauch an meinem Ohr und seine Lippen streichelten meinen Hals.

*Das wars. Er wird …*

Sein Knoten schoss aus ihm heraus, verankerte sich tief in mir und zerstreute meine Gedanken, während ich kopfüber in die Vergessenheit fiel.

„Elias!", schrie ich und mein Körper krampfte sich unter ihm zusammen, als Welle um Welle der Lust mich von Kopf bis Fuß durchschüttelte.

Er fluchte als Antwort, und mein Name trat bald darauf wie ein Gebet über seine Lippen.

„Oh, oh, oh", sagte ich immer wieder, denn meine Vorstellung des Akts wurde durch etwas so Exquisites und Reales ersetzt, was es mir unmöglich machte, über die Verzückung hinaus denken zu können, die meinen Geist überfiel.

Es ging weiter und weiter.

Es zog mich in seinen Bann und verdunkelte meine Sicht.

*Ja, ja.*

*Genau so.*

*Ich wusste nicht, dass es so sein konnte!*

Meine Lust erreichte ihren Höhepunkt und ich ließ es ohne Rücksicht zu und war zu verloren in meiner Ekstase, um mich zu konzentrieren. Er hielt mich sicher in seinen Armen und ich fühlte mich geborgen.

Irgendwie kam mir das seltsam vor, da ich auf dem Boden gelegen hatte und meine Schulterblätter die Erde berührten. Ich blinzelte, öffnete die Augen und fand meinen Kopf an Elias Brust. Meine Beine waren über seiner Taille gespreizt, während sein Schwanz weiter in mir pulsierte.

„Ich wusste auch nicht, dass es sich so anfühlen kann", flüsterte Elias. „Ich meine, ich *wusste* es, aber nichts ist annähernd so atemberaubend wie die Realität."

Ich runzelte die Stirn. „Habe ich laut gedacht?" *Wow, ist das meine Stimme?* Sie drang rau auf meinem Mund heraus, als ob ich viel geschrien hatte.

Er lachte und strich mit seinen Fingern durch mein Haar. „Ja, Baby. Aber bitte mach weiter. Es ist toll für mein Ego."

Ich hob den Kopf und balancierte mein Kinn auf seiner Brust. „Irgendwie bezweifle ich das."

Ein tiefes Grollen war meine Antwort, seine Version eines Schnurrens. Meine Schultern entspannten sich augenblicklich und mein ganzer Körper wurde schlaff auf seinem. „Ich liebe dieses Geräusch", gab ich zu.

„Ich weiß", antwortete er sanft und streichelte mich weiter. „Ich mag es, wie es dich beruhigt." Er wanderte mit seiner Hand zu meinem Rücken und glitt nach unten und dann wieder nach oben, streichelte mich, während die Zuckungen noch immer durch uns beide vibrierten. „Habe ich dir wehgetan?"

„Nein", sagte ich und brauchte die Frage nicht einmal zu analysieren. Falls er mir wehgetan hatte, machte das Vergnügen am Ende es wieder wett. Ich würde nichts an unserer Erfahrung ändern. Nun, bis auf einen Teil. „Du hast mich nicht gebissen."

Ich war darauf vorbereitet. Erwartete es. Doch es kam nicht.

„Hm, ich wollte es", gab er zu, seine Handfläche ruhte auf der Mitte meines Rückens. Seine andere Hand bewegte sich, um meinen Nacken zu streicheln, während seine Knie sich so beugten, dass sie mich höher drückten, sodass unsere Münder nahe beieinander schwebten. „Wenn du in zwei Tagen läufig wirst, werde ich dich beanspruchen, Omega. In jeder Hinsicht. Das war nur das Vorspiel."

„Vorspiel?", wiederholte ich.

Er lächelte. „Ja. Ich mache dir den Hof, schon vergessen?" Die Worte waren mit einem Hauch gegen meine Lippen gesprochen, der mir einen Schauer über den Rücken jagte.

„Ich mag deine Art des Werbens", erwiderte ich, und

mein Inneres drückte seinen Schaft zum Beweis zusammen. „Du kannst mich gerne die ganze Nacht umwerben."

Er rollte mich wieder auf den Rücken, seine Hand in meinem Nacken, während sich die andere nach oben wagte, um meine Brust zu streicheln. „Ist das eine Einladung, in deinem Nest zu spielen, Daciana?"

„Es ist eine Einladung, zu tun, was immer du willst", sagte ich ihm und meinte es ernst.

„Das ist gefährlich, Prinzessin. Du hast keine Ahnung, wieviel ich mit dir anstellen will."

Eigentlich hatte ich eine ziemlich gute Vorstellung davon, was er begehrte. Daher wusste ich auch, dass er sich bei unserem ersten Mal zurückgehalten hatte. „Du bist ein würdiger Gefährte, Elias aus dem Andorra Sektor", sagte ich und wiederholte meine Worte von vorhin. „Ich meinte, was ich über meinen Zyklus sagte. Ich möchte, dass du es bist."

„Willst du zuerst versuchen zu fliehen?" Der Hauch von Neckerei in seiner Stimme verriet mir, dass ihm das gefallen würde. Aber ich wusste es besser, als ein so gefährliches Spiel in diesem unbekannten Gebiet zu spielen.

„Nein", flüsterte ich. „Denn ich würde nicht riskieren wollen, dass mich jemand anderes erwischt." Besonders hier, an einem Ort, an dem ich keine bekannten Verstecke hatte, könnte es jemandem gelingen.

Er wurde ernst und seine Hand wanderte von meiner Brust zu meinem Gesicht, wo sein Daumen über meine Unterlippe strich. „Niemand sonst wird dich berühren, Daciana. Ich habe dir gesagt, dass ich nicht teile, was mir gehört."

„Ich gehöre noch nicht dir", erinnerte ich ihn.

Elias legte den Kopf schief, ein verschlagenes Funkeln in seinem Blick. „Oh, Liebling, du gehörtest mir in dem Moment, als ich dich in mein Nest mitnahm. Jeder weiß es und in zwei Tagen werde ich es dauerhaft machen." Er ließ mein Gesicht los und streichelte meinen Bauch. „Wir werden gemeinsam unsere Zukunft erschaffen, Omega. Der erste Hybrid aus Ash Wolves und X-Clan."

„Vorausgesetzt, ich bin kompatibel." Etwas, das wir noch nicht mit Sicherheit wussten. „Wir wissen nicht mal, ob du mich als Gefährtin beanspruchen kannst." Allein der Gedanke bereitete mir Bauchschmerzen, denn wenn Elias mich nicht als seine Gefährtin anerkennen konnte, würde ich in den Shadowlands Sektor zurückgeschickt werden.

Eis strömte durch meine Adern.

Ich wollte nicht nach Hause gehen.

Denn ich hatte keins.

Ich wollte, dass Elias mein wurde, um bei ihm bleiben zu können.

Um auserwählt zu sein.

Um mich zu paaren.

Um eine Zukunft zu schaffen, so wie er es gesagt hatte.

„Shh", flüsterte Elias, seine schnurrende Schwingung umgab mich erneut. „Wir kriegen das schon hin, Liebling. Gib nicht auf, bevor wir überhaupt angefangen haben." Sein Knoten löste sich, wodurch ich mich innerlich leer fühlte.

Er glitt aus mir heraus, unsere gemeinsame Lust sickerte zwischen meinen Beine hervor.

Kein Zeichen von Leben pulsierte in mir.

Kein Baby in meinem Unterleib.

Nicht, dass es eins geben sollte. Ich war noch nicht brünstig.

Aber was passierte, wenn mich das gleiche Gefühl in vier oder fünf Tagen überkam, wenn ich aus der Brunst kam? Würde ich mich unbefruchtet wiederfinden? Wieder ganz allein ohne Baby?

Allein die Aussicht darauf ließ mein Herz schneller schlagen.

Irgendwie hatte ich beschlossen, dass Elias mir gehören

sollte, eine riskante Entscheidung, obwohl ich in dieser Welt keine andere Wahl hatte. Gerade diese könnte mir so leicht entrissen werden.

Elias' Nachhall verstärkte sich, seine Lippen zeichneten meine feuchten Wangen nach. Ich merkte, dass ich weinte. Der Gedanke, dass er nicht mein war, hatte mich zu Tränen gerührt.

„Komm jetzt, lass uns zurück zur Kuppel gehen und etwas essen. Danach wirst du dich besser fühlen. Dann kannst du mich vielleicht in dein Nest einladen." Er küsste meinen Nacken und strich mit seinen Lippen über meine. „Okay?"

Ich schluckte und es fühlte sich dabei wie ein Kloß in meiner Kehle an. Alles, was ich tun konnte, war zu nicken.

Es brachte nichts, sich Sorgen zu machen. Das wusste ich. Er wusste das. Nur die Zeit konnte uns sagen, was das Schicksal für uns auf Lager hatte.

Im Moment musste ich in Bewegung bleiben. Mich auf meine Aufgabe konzentrieren. Die Wahrheit mit meinem auserwählten Alpha zu suchen und meine Rolle in diesem großen Experiment spielen.

Wenn sich herausstellte, dass ich nicht seine Gefährtin sein konnte, würde ich mir dann darüber Gedanken machen.

In der Zwischenzeit würde ich daran arbeiten, mein Herz zu stählen. Nur für den Fall der Fälle.

Als ich ihm in Wolfsgestalt zu unseren Kleidern folgte, stellte ich fest, dass diese Aufgabe unmöglich war. Bei jedem Blick zurück, um mein Tempo zu überprüfen, bemerkte ich die Hingabe in seinem Blick. Als wir uns beide anzogen, roch ich sein Verlangen nach mir und als wir in seine Wohnung zurückkehrten, erfuhr ich, was ein Leben an seiner Seite für mich bedeuten würde. Er kuschelte sich an mich auf der Couch, wo wir ein dekadentes Essen mit herzhaften Aromen aßen, das meine Seele streichelte. Dann brachte er mich in mein Nest und hielt mich bis in die späten Stunden der Nacht und sein Schnurren war Musik in meinen Ohren.

Noch nie in meinem Leben hatte ich mich so geborgen und umsorgt gefühlt.

Elias hat mich auf die beste Weise zum Leben erweckt.

Er lehrte mich in ein paar kurzen Tagen, dass ich lieben konnte und dass er derjenige sein könnte, von dem meine Seele immer geträumt hatte.

Als Dušan mich hierher schickte, erwartete ich, dass man mich im Labor auseinander nehmen und bis aufs Blut ficken würde. Seine Leute versprachen mir zwar den Hof zu machen, aber ich glaubte ihnen nicht. Caspians Worte im Flugzeug auf dem Weg hierher, hielt ich für die Wahrheit. Die Witze, die er darüber gemacht hatte, wie die Alphas mich mit ihren Knoten zerreißen würden, waren alle gelogen.

Oh, ich hatte mich von Elias in zwei Hälften geteilt gefühlt, das ist keine Frage, doch auf die köstlichste Art und Weise. Eine, die ich unbedingt wieder erleben wollte.

Ich drückte meine Schenkel bei dem Gedanken zusammen, meine Lust durchdrang den Kokon meines Nestes.

„Du bist ein Rätsel", flüsterte Elias, seine Brust an meinem Rücken. „Im einen Moment rieche ich Angst und Schmerz an dir. Im nächsten Moment rieche ich deine Erregung. Dein Geist fesselt mich, Daciana." Seine Handfläche glitt von meinem Bauch hinunter zu der Stelle, an der ich ihn am meisten begehrte. Er zischte und zog seine Finger durch meine Spalte nach oben, um meine empfindliche Knospe zu umkreisen. „Du bist klatschnass, Liebling."

Seine Worte machten mich noch feuchter und ein kleines Wimmern verließ meinen Mund.

Ich hatte noch nie so etwas gehabt, wie mit Elias.

Die meisten Männer machten mir nur Angst.

Aber bei diesem hier kämpfte ich gegen meine Instinkte an, versuchte erfolglos, meine Lust zu zügeln.

„Ich weiß, was du brauchst", fuhr er fort und übte Druck auf meine Knospe aus. „Reite meine Hand, Baby." Seine Lippen streichelten meinen Hals, seine Erregung wuchs gegen meinen Hintern.

Wir waren beide nackt in mein Nest gestiegen. Ohne ein Wort hatte ich Elias' Hemd genommen und es zu meinem Heiligtum gelegt, bevor ich seine Hose auszog und sie auf die Kommode legte. Er hatte keine Anstalten gemacht und mir wieder die Führung überlassen. Er sah nur zu, wie ich mich entkleidete und in meinen sicheren Hafen glitt. Als ich ihm genug Platz ließ, um einzutreten, gesellte er sich zu mir.

Keine Worte.

Nur Emotionen.

Ich liebte es. Ich liebte es, dass er mich verstand, ohne dass ich sprechen musste. Dieses Talent allein machte ihn perfekt für mich.

Ich bewegte meine Hüften gegen seine Hand und suchte das Vergnügen, nach dem ich mich sehnte. Es war wollüstig und neu. Und es war befriedigend. Er brummte gegen meine Kehle, flüsterte mir schmutzige Dinge ins Ohr, wie sehr er mich wieder verknoten wollte, meinen Arsch, meinen Mund, auf jede erdenkliche Weise, immer und immer wieder.

Jede Fantasie malte ein lebhaftes Bild in meinem Kopf und brachte mich meinem Ziel näher.

Ich wusste, was er tat, er bereitete mich vor und stellte sicher, dass ich genau verstand, was er während meiner Brunstzeit mit mir vorhatte. Er garantierte mein Einverständnis und dafür bewunderte ich ihn. Er wollte mich nicht überraschen, aber er erwartete meine Unterwerfung, damit er tun konnte, wonach er sich sehnte und ich bemerkte, dass ich alles wollte, was er so detailliert beschrieb.

Sogar die härteren Beschreibungen.

Als er davon sprach, mich von hinten zu ficken, während er meine Hände hinter meinem Rücken gefesselt und mein Gesicht in den Kissen vergraben hielt, kam ich. Das Bild hatte mich irgendwo tief im Inneren getroffen. Die Vorstellung, ihm komplett die Kontrolle zu überlassen und ihm zu vertrauen, dass er sich in meinem schwächsten Moment um mich kümmern würde, ließ mich explodieren, denn mir wurde klar, dass ich ihm bereits vertraute.

Ein Geschenk, das ich noch nie jemandem gemacht hatte, doch dieser Mann hatte es sich in Rekordzeit verdient.

Allein dafür begann ich ihn zu lieben.

Als ich von meinem Hochgefühl herunterkam, drehte ich mich in seinen Armen um und küsste ihn, ließ ihn die Gefühle spüren, die er in mir weckte und als er seinen Schwanz in meinen feuchten Kanal gleiten ließ, wusste ich, dass es dieses Mal anders sein würde. Eine langsamere Paarung. Eine, bei der sich unsere Körper besser kennenlernen würden.

Ich spreizte meine Beine, um ihn willkommen zu heißen, und stöhnte, als er mich auf den Rücken drehte, um sich auf mich zu legen.

Sein Gewicht fühlte sich richtig an.

Sein Kuss perfekt.

Seine Hände wanderten an meinen Seiten auf und ab. Ein Zeichen, das mir sagte, dass ich seine Auserwählte war.

Sein Schaft passte perfekt in meine feuchte Mitte. Der Schmerz von vorhin war längst verflogen, ersetzt durch das Wissen um das kommende Vergnügen.

Er nahm mich langsam und gründlich, sein Knoten wanderte mit jedem Stoß tiefer und tiefer.

Wir fickten langsam.

Bewunderten uns gegenseitig.

Verehrten unsere Vereinigung.

Prägte uns alle Details ein.

Ich wölbte mich ihm entgegen und er glitt tiefer, streichelte den Teil von mir, der mir Tränen in die Augen trieb.

Diesmal sprachen wir nicht. Es gab keine schmutzigen Worte mehr. Nur wir, unser Nest und die Geräusche unserer Körper, die sich vereinten. Ein weiteres Stück meines Herzens ging in diesem Moment an ihn über, meine Seele verschmolz mit seiner.

Unser Stöhnen vermischte sich in der Luft, als sein Knoten sein Zuhause tief in mir fand, sein Samen meine Gebärmutter füllte und mich ein weiteres Mal zum Orgasmus brachte.

Ich lächelte gegen seinen Mund und genoss unsere gemeinsame Verzückung. Es verführte mich in einen trägen Zustand, der mich meine Augen schließen ließ, bis nichts als Sterne hinter meinen Lidern zu sehen waren.

*Hmm, ja.*

An diesen Moment wollte ich mich für immer erinnern.

Und das tat ich auch.

Mein Bewusstsein glitt in einen Schlafzustand, selbst während er weiter in mir kam. Vielleicht, wenn ich Glück hatte, würde er mich auf ähnliche Weise wecken.

# ELIAS

„KEINE WEITEREN TESTS", sagte ich und stellte meine Kaffeetasse mit einer Endgültigkeit auf den Tresen, die durch meine Küche hallte.

Ander stand mir gegenüber und hatte seine muskulösen Arme über seiner breiten Brust verschränkt. „Ceres hat nicht gemerkt, wie eng die Gurte sind, weil sie es nicht erwähnt hat, Elias. Das kannst du ihm nicht übel nehmen. Es behindert nur unsere Mission."

„Unsere Mission ist es, herauszufinden, ob sie sich mit einem X-Clan Wolf fortpflanzen kann, und diese Antwort werde ich innerhalb der nächsten Woche für dich haben." Das war nicht verhandelbar. Es würde keine weiteren Experimente geben. Kein Herumstochern und sonstige Dinge mehr. Keine Laborbesuche mehr. „Sie ist eine Wölfin, Ander, keine Versuchsperson."

Er atmete aus. „Betrachte das mal aus einem anderen Blickwinkel. Es ist möglich, dass Ceres etwas tun kann, um ihre Zeugungsfähigkeit zu verbessern. Aber ohne weitere Proben werden wir es nicht wissen."

„Wie wäre es, wenn wir das eine Woche lang auf meine Art machen, und wenn das nicht klappt, besprechen wir das weiter?" Wobei ich ihm immer noch sagen würde, dass er sich verpissen soll, weil sie am Ende ihres Brunstzyklus meine Gefährtin sein würde, unabhängig davon, ob bei unserer Verbindung ein neues Leben entstanden war oder nicht.

Der Blick in seinen goldenen Augen sagte mir, dass er mich durchschaut hatte. Es sagte auch, dass er wusste, dass dies ein Kampf war, den er nicht gewinnen würde, und Ander Cain wählte seine Schlachten immer klug. „Dir ist klar, wenn du jemand anderes wärst, würde ich verlangen, dass du sie innerhalb einer Stunde Ceres zur Verfügung stellst, richtig?"

Ich grinste. „Vorsicht, Cain, sonst denke ich, du zeigst Anzeichen von Dankbarkeit."

Er schnaubte. „Du weißt, dass ich für dich dankbar bin, Dummkopf."

„Du kannst wirklich gut mit Worten umgehen", neckte ich ihn. „Ich hoffe, du gibst dir mehr Mühe mit deiner Wunschpartnerin."

Alle Anzeichen von Humor verschwanden aus seinen Zügen und seine Mundwinkel zogen sich nach unten. „Das würde voraussetzen, dass meine Gefährtin mit mir spricht, etwas, das sie im Moment nicht sehr gerne zu tun scheint."

„Ich habe keine Ahnung, warum", murmelte ich und täuschte Überraschung vor. „Es ist ja nicht so, als wärst du ein Arsch oder so." Sie zu schwängern, ohne sie zu begatten. So ein Arschlochverhalten.

Seine Augen verengten sich. „Du weißt, warum ich es getan habe."

„Ja, das weiß ich. Weiß sie es denn auch?", fragte ich und zog eine Braue hoch.

„Das würde den Zweck der Lektion verfehlen."

„Ja, du hast recht. Kommunikation ist nie eine gute Idee." Ich konnte den Sarkasmus in meiner Stimme nicht verbergen. „Wer hätte gedacht, dass ich es sein würde, der dir Beziehungsratschläge gibt?"

Ein weiteres Schnauben vom Alpha des Sektors. „Jeder scheint zu denken, dass er das besser kann als ich."

„Weil wir es anscheinend können", erwiderte ich gerade, als Daciana in nichts als meinem Hemd den Wohnbereich betrat. Sie sah mich an und bat mich ohne Worte um Zustimmung. Ich hob meinen Arm, um ihr zu signalisieren, dass sie sich zu mir setzen sollte. Ihre Lippen verzogen sich leicht, ihre Wangen röteten sich, und sie setzte ihre Bewegung fort.

Ihr Kopf passte perfekt an meine Schulter, als sie sich an meine Seite schmiegte. Ich küsste ihr Haar, während Ander zusah. „Guten Morgen, Prinzessin", murmelte ich.

„Morgen", flüsterte sie.

„Bist du hungrig?"

Sie nickte. „Ja."

„Dann ist es ja gut, dass ich Eier für drei gemacht habe." Ander hatte vor, zum Frühstück zu bleiben, weil er mit mir über Daciana und ihr Potenzial zur Paarung sprechen wollte. Ich hatte die Diskussion über das Experiment zuerst angesprochen, um sicherzustellen, dass er meinen Standpunkt kannte. Es stand nicht zur Debatte. Wir würden die Theorien auf die altmodische Art und Weise testen.

Ich schnappte mir Teller aus dem Schrank, teilte die Portionen auf und schob sie über den Tresen in Richtung des Essbereichs. Ander tat es mir gleich, deckte den Tisch mit Silberbesteck aus den Schubladen und stellte die Teller auf die verschiedenen Plätze. Dann schnappte er sich unsere Tassen und sah Daciana an. „Möchtest du einen Kaffee?"

Sie schüttelte den Kopf. „Nein, danke."

„Saft?", fragte ich. „Milch? Wasser?"

„Hast du auch Tee?" Sie schaute mit einem hoffnungsvollen Blick auf meinen Herd.

„Ich nicht, aber wir können dir Tee besorgen." Ander besorgte eine Unzahl von Produkten aus aller Welt, dank unseres Handels mit Technologie. Der Mann war wirklich brillant. „Welche Sorte magst du?"

Daciana zählte ein paar Geschmacksrichtungen auf, und Ander schickte eine Nachricht ab, bevor ich die Chance hatte, ein Nachrichtenfenster auf meinem Bildschirm aufzurufen. „Zehn Minuten", sagte er, setzte sich und nahm seinen Kaffeebecher in die Hand.

„Was ist das?", fragte meine zukünftige Gefährtin und starrte auf Anders Handgelenk. „Ich meine, ich weiß, dass es eine Uhr ist, aber ..." Sie legte den Kopf schief und musterte das Gerät. „Es ist mehr als das."

„Viel mehr", stimmte ich zu und schenkte ihr ein Glas Wasser ein, bis ihr Tee kam. „Ich habe auch eins", sagte ich und krempelte den Ärmel meines Pullovers hoch. „Es ist im Grunde ein Computer in Form einer Uhr. Sie wandelt sich sogar mit uns, wenn wir zu Wölfen werden."

Sie öffnete den Mund. „Wie?"

„Technologie ist unser Hauptexportgut", antwortete Ander, nachdem er einen langen Schluck seines Kaffees genommen hatte. „Das ist einer der Gründe, warum Dušan so erpicht darauf ist, mit uns zu handeln. Der Shadowlands Sektor ist nicht so fortschrittlich wie wir hier."

„Untertreibung", murmelte Daciana und setzte sich auf den Stuhl, den ich für sie herausgezogen hatte.

Ich ließ mich auf dem Platz neben ihr nieder, legte meinen Arm über ihre Stuhllehne und wandte mich Ander zu, der uns gegenüber saß. „Du bist das Genie. Zeig ihr, was dein kleines Gerät kann."

Er lachte. „Ich habe es nicht erfunden."

„Nein, du hast nur das Team organisiert, das es entwickelt hat." Ich warf ihm einen wissenden Blick zu, bevor ich mich wieder auf meine Omega konzentrierte. „Lass dich nicht von ihm täuschen. Er ist nicht annähernd so bescheiden, wie er scheint."

„Blödmann", murmelte Ander.

„Das gilt auch für dich, Blödmann", erwiderte ich und hob meine Gabel an. „Und jetzt iss das Essen, das ich für dich gemacht habe."

Mein ältester und bester Freund verengte seinen Augen. „Zwing mich nicht dazu, dich an deinen Platz in der Hierarchie, zu erinnern. Das wird nicht gut für dich enden."

Jetzt war es an mir, zu spotten. „Als ob du das könntest."

Daciana zitterte unter meinem Arm, ihr Blick huschte mit wachsender Sorge zwischen uns hin und her. Sie hatte unseren Sarkasmus eindeutig nicht verstanden.

„Er ist mein bester Freund", informierte ich sie leise. „Wir necken uns oft."

„Weil dein Angebeteter ein Arsch ist", fügte Ander hinzu, bevor er sich einen Bissen Eier in den Mund schaufelte. „Aber wenigstens kann er kochen."

„Ja. Das ist meine einzige positive Eigenschaft." Wir stießen mit unseren Kaffeetassen an und nahmen einen Schluck, während Daciana sich neben mir entspannte.

„Du hast mehrere gute Eigenschaften", murmelte sie. „Und ich halte dich keineswegs für einen Arsch."

Meine Lippen verzogen sich zu einem Lächeln, ihre Worte erwärmten mein Herz. „Danke."

Sie erwiderte mein Grinsen mit einem kleinen Lächeln und begann zu essen.

Ander beobachtete uns mit seinem scharfen Blick, und ich spürte die Aufregung in der Haltung seiner Schultern. Nun, ich vermutete, dass es etwas mit den Problemen zwischen ihm und seiner Zukünftigen zu tun hatte.

Ihre Situation war völlig anders, da das Weibchen bei den Menschen aufgewachsen war. Daciana verstand zumindest unsere Welt und ihren Platz darin. Katriana, Anders auserwählte Gefährtin, tat das nicht und sie hatte es bewiesen, als sie vor einigen Wochen versuchte, wegzulaufen.

Daher auch seine daraus resultierende Bestrafung. Sie hatte nicht nur seinen Ruf aufs Spiel gesetzt, sondern auch ihr eigenes Leben riskiert.

Dummes Mädchen.

Starrköpfig.

Er hatte sicherlich alle Hände voll zu tun, dieses Chaos zu beseitigen.

Dacianas Tee wurde von einem der Betas geliefert, die heute im Gebäude arbeiteten. Die kleinere Frau erschien ohne ein Wort, brachte eine frische Tasse Tee und füllte auch meine Schränke mit Vorräten auf. Ander und ich dankten ihr mit einem Nicken, während Daciana sie beobachtete.

„Ist sie eine deiner Geliebten?", fragte sie mich, woraufhin ich mich an meinen Eiern verschluckte.

„*Was?*"

Sie nickte dem Weibchen hinterher, das meine Wohnung bereits verlassen hatte. „Die Beta. Ist sie eine deiner Geliebten?"

„Nein." Ich hob meine Kaffeetasse an und nahm einen langen Schluck, bevor ich fragte: „Wie kommst du darauf?"

„Du hast gesagt, ich hätte gestern ein paar getroffen. Ich habe mich gefragt, ob sie auch eine ist."

Ander wölbte eine Braue zu mir. „Wen hat sie getroffen?"

„Sly und Candice, während ich ihr die Stadt gezeigt habe", antwortete ich. Keine von beiden war eine Frau, mit der wir je zusammen gewesen waren, weshalb ich vermutete, dass er deshalb fragte. „Ich habe Daciana erklärt, dass unsere Beta-Frauen in diesem Sektor freiwillig Alphas bedienen."

„Ich würde so weit gehen zu sagen, dass sie es genießen", antwortete er und zuckte mit den Schultern. „Sie werden gut bezahlt, wohnen in schönen Häusern, und sie bestimmen ihre Grenzen. Morgana, die gerade deinen Tee geliefert hat, gehört zum Personal des Gebäudes. Sie ist glücklich verheiratet mit einem Beta-Mann, der in einem der technischen Labore arbeitet. Jeder in Andorra hat einen Job, auch unsere Omegas, aber sie wählen ihn selbst. Sie werden niemals dazu gezwungen."

„Also genießen es eure Beta-Weibchen, von den Alphas sexuell benutzt zu werden?", konterte sie, wobei ein Hauch von Spott ihren Tonfall unterstrich.

„Daciana", warnte ich. Sie konnte nicht auf diese Weise mit dem Alpha des Sektors sprechen, nicht ohne Vergeltung zu provozieren.

„Es ist nur so, dass meiner Erfahrung nach Frauen oft in diesem Beruf gezwungen werden, weil es keine anderen Möglichkeiten gibt." Sie wagte es, Ander in die Augen zu sehen, während sie sprach, und ihr Trotz spiegelte sich in der Anspannung ihres Kiefers wider.

Er starrte sie an, ohne mit der Wimper zu zucken. „Deine Erfahrung ist begrenzt", erwiderte er.

„Ich bin in einem Hurenhaus aufgewachsen", konterte sie.

Ander knurrte, sowohl als Reaktion auf ihren fortgesetzten Ungehorsam, als auch auf den Begriff, den sie gewählt hatte. Ich drückte sie fester an mich. „Vorsichtig, Daciana. Er mag mein bester Freund sein, aber er ist auch der Alpha des Sektors."

„Ich bin mir deiner Vergangenheit bewusst, Daciana, deshalb lasse ich die Anschuldigung in deinem Tonfall durchgehen. Aber du solltest bedenken, dass ich jetzt dein neuer Alpha in diesem Sektor bin. Du solltest mir denselben Respekt entgegenbringen, den du Dušan entgegenbringen würdest."

„Ich habe Dušan nie getroffen", erwiderte sie.

„Und doch kann ich mir vorstellen, dass du, wenn du ihn getroffen hättest, niemals so mit ihm gesprochen hättest, wie du es jetzt mit mir tust", erwiderte er, wobei ein Hauch von Tadel seine Worte unterstrich.

Sie schluckte und senkte schließlich ihren Blick, während sie auf der Innenseite ihrer Wange kaute. „Nein. Nein, das hätte ich nicht getan."

„Dann sollte es bei mir auch nicht anders sein", drängte Ander, um seinen Standpunkt zu verdeutlichen.

Ihr blonder Kopf wippte, als ihr eine Entschuldigung über die Lippen kam, eine, die mir im Herz weh tat. Hatte sie sich daneben benommen? Ja. Aber ich verstand auch, warum.

„Sly, die du gestern kennengelernt hast, ist eine Laborantin", erklärte ich leise. „Sie spielt am Wochenende gerne mit Alphas, weil sie sich gerne vergnügt."

„Und Candice hilft Riley oft beim Organisieren der pharmazeutischen Vorräte, weil sie Apothekerin war, bevor die Welt im Chaos zusammenbrach", fügte Ander hinzu. „Auch sie vergnügt sich nur an den Wochenenden, weil sie keinen Beta gefunden hat, der ihren Vorlieben entspricht."

Daciana blinzelte. „Sie haben also die Wahl."

„Ja", bestätigte Ander. „Jeder in meinem Sektor hat die Möglichkeit, seinen beruflichen Weg zu wählen. Ich verlange nur, dass sie unserer Gesellschaft auf irgendeine Weise etwas zurückgeben."

„Und was machen eure Omegas?", fragte sie und hob erneut den Blick, diesmal auf weniger forsche Weise. „Was machen sie?"

„Riley ist Ärztin, wie du weißt. Viele der anderen ziehen es vor, als Hauptaufgabe Kinder aufzuziehen, aber einige haben Positionen inne. Aljona, zum Beispiel, ist Lehrerin." Er musterte sie. „Gibt es etwas, das du in Andorra gerne tun würdest, Daciana? Einen Beruf, den du gelernt hast, der nützlich sein könnte oder den du gerne ausüben würdest?"

„Außer der Paarung?", fragte sie.

Ander nickte. „Ja."

„Ist das nicht ein strittiger Punkt? Wenn ich keine

brauchbare Kandidatin für die Fortpflanzung bin, schickst du mich einfach zurück. Warum willst du also darüber diskutieren, was ich darüber hinaus bieten könnte?" Ich konnte an ihrem Tonfall erkennen, dass sie das nicht so feindselig gemeint hatte, wie es sich anhörte, sondern eher neugierig.

„Tu mir den Gefallen", antwortete Ander. „Nehmen wir mal an, deine Paarung mit Elias verläuft wie erhofft. Was würdest du dann hier tun wollen?"

Sie blickte zu mir, dann wieder zum Alpha des Sektors und dann wieder zu mir. „Ich …" Sie leckte sich über die Lippen und drehte sich leicht zur Seite. „Nun, ich bin recht geschickt mit dem Bogen. Ich könnte jagen."

Meine Augenbrauen schossen in die Höhe.

*Das* hätte ich nie als Antwort erwartet.

Nicht, weil ich an ihr zweifelte oder es für eine aberwitzige Antwort hielt.

Ganz im Gegenteil.

„Hm", sagte Ander, der seine Kaffeetasse anhob und mich amüsiert ansah. „Vielleicht ist sie ja doch deine Seelenverwandte."

„Daran besteht kein Zweifel", konterte ich und starrte sie entgeistert an. „Ich bin der Andorra Kommandant wegen meiner Fähigkeit, nie ein Ziel zu verfehlen." Ich benutzte jetzt meistens Pistolen, denn die Technologie war viel fortschrittlicher und schneller am Abzug, aber früher war ich recht geschickt mit einem Bogen.

„Du solltest mit ihr zum Schießstand gehen. Mal sehen, wie sie sich schlägt", schlug Ander vor.

Ich lächelte. „Ja. Ich denke, genau das werden wir tun."

„Schießstand?", wiederholte sie und blickte noch einmal zwischen uns hin und her.

„Ein Ort, um Schießen zu üben." Ich nickte auf ihren Teller. „Iss deine Eier auf, dann gehen wir." Wir hatten noch ein paar Tage bis zum Vollmond. In der Zwischenzeit konnte sie ihre Einführung in unsere Welt fortsetzen.

Ander nickte subtil zustimmend. Kein Wunder, war er doch derjenige, der die Umwerbungsklausel in Dušans Vertrag akzeptiert hatte.

Ich würde ihm später über alles berichten, was von Wert war, einschließlich einer Bewertung ihrer Fähigkeiten mit dem Bogen. Wir brauchten keinen Jäger, wir bezogen die meisten unserer Lebensmittel aus anderen Sektoren, aber einen fähigen Scharfschützen konnte ich immer gebrauchen. Ob sie helfen würde, unser Heim zu schützen oder andere zu unterrichten, vielleicht sogar unsere Jugend, blieb abzuwarten. Auf keinen Fall würde ich sie auf eine Mission mit meinen Männern schicken, aber es gab andere Möglichkeiten, wie sie meiner Einheit nützlich sein konnte.

Ich lächelte. „Du überraschst mich immer wieder, Daciana vom Shadowlands Sektor."

Sie sah mich an, ihre blauen Augen funkelten mit einem Hauch von Glück. „Du überraschst mich auch immer wieder, Elias aus dem Andorra Sektor."

# ELIAS

EIN WEITERER VOLLTREFFER.

Ich stieß einen Pfiff aus und schüttelte den Kopf. „Du hast nicht gescherzt, dass du gut mit dem Bogen bist." Selbst mit dem Hightech-Bogen, den ich ihr angepasst hatte, traf sie jedes Ziel.

„Die hier sind so viel besser als die, die ich früher zu Hause gemacht habe", sagte sie und strich über die Metallspitzen der von mir bevorzugten Rückverfolgungspfeile. Wenn wir ein Ziel mit einem dieser Pfeile trafen, konnten wir es rund um den Globus verfolgen, vorausgesetzt, das Opfer überlebte. Die an den Spitzen benutzte Nanotechnologie wurde eingesetzt, um in das Blut des Opfers einzudringen.

Absolut brillant, aber nicht unbedingt nützlich in unserer neuen Zeit. Zumindest nicht in Andorra.

Als Nächstes reichte ich ihr eine Pistole, um zu sehen, wie sich ihre Fähigkeiten auf Schusswaffen übertragen.

Es dauerte ein wenig, ihr die Bedienung zu erklären, dann setzte ich ihr einen Kopfschutz auf und beobachtete, wie sie sich mit der Waffe vertraut machte. Sie verstand es nicht sofort, aber nach zwei Stunden des Experimentierens fand sie einen Rhythmus und begann, ihre Ziele mit unfehlbarer Genauigkeit zu treffen.

Ein Naturtalent.

Ihr Lächeln war strahlend, als sie fertig war, ihre blauen Augen leuchteten. „Das wäre in der Wildnis viel nützlicher."

„Hm, dennoch geht nichts über den Reiz eines Bogens", sinnierte ich.

Sie stimmte zu und reichte mir die Waffe. „Effizienz übertrumpft Reiz in den meisten Situationen."

„Stimmt." Als Nächstes zeigte ich ihr, wie man die Waffe zerlegt, bevor ich sie in andere Hightech-Gegenstände einführte. Daciana beobachtete mit einem Eifer, der mich begeisterte. Die meisten Frauen zogen es vor, nicht im Bereich der Waffen tätig zu sein. Währenddessen schien es, als sei meine Auserkorene dafür geboren worden.

Wir würden auf jeden Fall eine passende Rolle für sie finden müssen, eine, die sie aus der Gefahrenzone heraushielt und ihr gleichzeitig erlaubte, sich zu entfalten.

Als Omega war sie von Natur aus schwächer, und daran konnte auch keine noch so große Menge an Waffen etwas ändern. Sie in den Außendienst zu schicken, wäre nie infrage gekommen. Ganz zu schweigen davon, dass mein Instinkt, sie zu beschützen, es für uns beide unmöglich machen würde, dass sie in diesem Bereich arbeiten könnte. Also würden wir einen anderen Weg finden, wie sie mitmachen könnte.

„Du bist für all das verantwortlich?", fragte sie, als ich die Waffen verstaute, die wir heute benutzt hatten.

„Ja. Als Anders Stellvertreter bin ich für die Verteidigung und Sicherheit des Sektors zuständig." Das passte auch zu meinem Polizeihintergrund und meiner allgemeinen Affinität zu militärischer Intelligenz und Strategie.

„Deshalb nennt man dich auch Kommandant", sagte sie, blickte sich hier im Bereich um und bemerkte alle Männer in der Nähe, die stramm standen. Sie würden so bleiben, bis ich weg war, ihr Gehorsam war unerschütterlich, egal, ob ich ihnen sagte, sie sollten sich zurückhalten oder nicht. In einer Bar nach Feierabend oder einer anderen weniger professionellen Umgebung würden sie sich entspannen, aber nicht auf diesem Gelände, wo ich als ihr Alpha und führender Leutnant fungierte.

Ander scherzte oft, dass sie wahrscheinlich mein Wort als Gesetz über seins stellen würden.

Er hatte nicht Unrecht.

Ich ließ meine Hand in ihre gleiten und zog sie vom Schießstand weg in Richtung meines Büros am Rande der Basis. Wenn ich schon mal hier war, konnte ich auch gleich nachsehen, ob alles wie erwartet lief. Wir hatten selten Probleme, nur gelegentliche Vorfälle, wie Menschen, die versuchten, unsere Lebensmittellieferungen anzugreifen.

*Idioten.*

Daciana hielt ihren Blick abgewandt, während wir gingen, ihre unterwürfigen Omega-Qualitäten kamen voll zur Geltung. Die meisten Männer in der Umgebung der Basis waren Alphas, deren Interesse an ihr durch ihren Geruch angedeutet wurde. Allerdings wussten sie genau, dass sie meine Auserwählte war und versuchten nicht mit ihr zu reden oder sie zu berühren. Ich hatte sie vielleicht noch nicht markiert oder beansprucht, aber meine Absicht war klar in der Art, wie ich sie festhielt. Sie trug auch eines meiner Hemden mit der Jeans, die sie sich von Riley geliehen hatte.

Ihr Mangel an Verfügbarkeit war deutlich sichtbar, und jeder, der daran dachte, es zu hinterfragen, konnte direkt mit meiner Antwort rechnen.

Ich führte sie zu einem Sofa in meinem Büro und ging dann zu meinem Schreibtisch, um die Notizen durchzusehen, die Jaxon für mich hinterlassen hatte. Nichts Wichtiges, was mich nicht überraschte. Er hätte angerufen, wenn er mich gebraucht hätte.

„Funktionieren deine Waffen bei den Infizierten?", fragte Daciana nach einigen Minuten des Schweigens.

„Das tun sie."

Sie nickte. „Aber man muss in menschlicher Gestalt sein, um sie zu benutzen. Wenn sie euch als Wölfe begegnen, können sie immer noch beißen."

„Das könnten sie, ja. Aber wir laufen viel schneller als sie."

„Ja", stimmte sie zu und schien sich zu entspannen. „Ja, das tun wir."

„In ganz Andorra sind Waffen versteckt", sagte ich ihr nach einer Weile, als ich ihre Angst erkannte. „Ich zeige dir auf unserer nächsten Fahrt, wo einige davon sind, damit du weißt, wohin du gehen musst, falls dir jemals ein Infizierter auf den Fersen ist." Nicht, dass sie jemals ohne mich laufen würde, jedenfalls nicht in nächster Zeit. Ich vertraute den anderen Wölfen nicht, dass sie sie ohne mich in der Nähe in Ruhe lassen würden.

Ein Beispiel dafür war der sich nähernde Geruch eines Männchens, von dem ich wusste, dass er sie nicht in Ruhe lassen würde, egal ob ich im selben Raum stand oder nicht.

„Ah, ich dachte, ich hätte etwas gerochen, das nicht hierher gehört", murmelte Artur und trat ein, ohne anzuklopfen.

Daciana versteifte sich auf der Couch, während ich ihn offen ignorierte.

„Sollte die Laborratte nicht bei Ceres sein?" Artur fuhr fort, sein Tonfall war von Verachtung unterstrichen. „Oder hast du sie hierher gebracht, damit wir die Ware probieren können?"

Mein Kiefer spannte sich bei der bloßen Vorstellung, dass das passieren könnte. „Sie gehört mir."

„Dir?" Artur ging auf sie zu. „Seltsam. Ich rieche keine Anspruchsbindung."

Ich stieß mich vom Schreibtisch ab und trat vor ihn, um ihm die Sicht auf Daciana zu versperren. „Was willst du, Artur?"

„Nachsehen, was der ganze Wirbel soll, natürlich. Wenn Ander von uns erwartet, dass wir anfangen, Ash Wolf Weibchen zu ficken, würde ich gerne die Ware vorher probieren, die uns angeboten wurde. Da du das auch schon getan hast, wirst du das sicher verstehen."

„Sie ist nicht verfügbar", sagte ich in einem scharfen Tonfall. „Also verpiss dich gefälligst."

Seine Augen wurden schmal. „Nicht verfügbar, weil Ander dir den Vortritt gelassen hat."

Ich würdigte diese Aussage keiner Antwort.

Es hatte nichts mit Ander oder seiner Loyalität zu mir zu tun, sondern mit meiner Position in diesem Sektor. Ich hatte mir den ersten Platz verdient, weil ich stärker und schneller war als alle anderen Alphas in diesem Gebiet. Wenn er das anfechten wollte, konnte er es gerne versuchen.

„Du könntest wenigstens teilen", murmelte Artur und neigte den Kopf zur Seite. „Sieh es als eine Möglichkeit, uns allen zu beweisen, dass Ash Wolf Huren die Mühe wert sind."

Ich verschränkte die Arme. „Selbst wenn ich sie teilen würde, was ich nicht tun werde, würde ich es niemals mit dir tun."

Er knurrte tief in seiner Kehle, die Kränkung stand ihm ins Gesicht geschrieben und betonte sein elegantes Äußeres.

„Vorsicht, Elias, sonst fange ich an, dieses Gespräch persönlich zu nehmen."

„Es war von dem Moment an persönlich, als du mein Büro betreten hast, ohne auch nur anzuklopfen", konterte ich.

„Wie ich schon sagte, bin ich der Spur von etwas gefolgt, das *falsch* roch."

„Geh, Artur."

Daciana wimmerte hinter mir, ihr Körper reagierte auf die Erregung von zwei wütenden Alphas. Arturs Nasenlöcher blähten sich auf, Intrigen verdunkelten seinen Blick. Er knurrte wieder, dieses Mal auf einem niedrigeren Niveau, und rief seinen Paarungsruf.

Damit hatte er die Grenze überschritten.

Ich schlug ihm meine Faust ins Gesicht und stieß ihn mit dem Rücken aus meinem Büro, bevor ich ihn gegen die Wand schubste. „Sie gehört dir nicht."

„Sie gehört auch nicht dir", knurrte er und packte mich am Kragen meines Hemdes. „Ich werde mich nicht mit dir um irgendeinen Abschaum aus Rumänien streiten."

„Dann schlage ich vor, dass du mich loslässt und gehst, denn ich werde dir in den Arsch treten, wenn du noch ein einziges schlechtes Wort über meine zukünftige Gefährtin sagst." Ich schubste ihn mit so viel Kraft von mir weg, dass er stolperte. „Du hast hier keine Chance, alter Mann. Geh weg, solange du noch kannst." Denn ich würde ihn vernichten, wenn er auch nur noch einmal murrte.

Er spuckte einen Mundvoll Blut aus, mein Schlag hatte mehr Schaden angerichtet, als ich dachte.

Es tat mir nicht leid.

„Du und Ander macht einen Fehler, wenn ihr versucht, uns diese Ash Wolf Weibchen aufzudrängen", schnauzte er. „Sie sind unseren Blutlinien unterlegen und unserer Saat unwürdig."

„Dabei wolltest du doch gerade eben noch von meinem Vorhaben kosten", rief ich. „Entscheide dich und geh mir aus den Augen."

„Ich habe nicht gesagt, dass ihre Spalten völlig unbrauchbar sind. Sie können den Knoten immer noch annehmen, aber ich sterbe eher, bevor ich eine in ihrem Zyklus begleite."

„Ich sorge gerne dafür, dass dir das eher früher als später passiert", bot ich an. „Gib mir einfach ein Datum, Artur. Ich werde dein Grab ausheben."

Aggression strömte aus ihm heraus.

Ich bereitete mich darauf vor und nahm Haltung an, nur für den Fall, dass er beschloss, etwas Leichtsinniges zu tun, wie mich anzugreifen.

„Wenn sie sich als nutzlos und inkompatibel erweist, schickst du sie zu mir", sagte er schließlich und entschied sich, sein Gesicht durch unverhüllte Beleidigungen zu wahren. „Ich könnte einen guten Omega-Fick gebrauchen."

Ich schnaubte. „Ja, klar." Das würde nie passieren. Selbst wenn sich Daciana als inkompatibel erweisen sollte, wäre er der Letzte, dem ich sie jemals geben würde. Sein mangelnder Respekt vor Frauen in diesem Sektor war allgemein bekannt, daher glaubte er tatsächlich, ich würde ihm meine Omega geben, nachdem ich fertig mit ihr wäre.

*Verdammtes Arschloch!*

„Sonst noch was?", fragte ich und zog eine Braue hoch.

Er schüttelte den Kopf. „Es wird nicht funktionieren."

„Das werden wir sehen", erwiderte ich.

„Ja. Das werden wir", stimmte er zu, mit einem wissenden Schimmer in seinem Blick.

Ich ließ ihn auf dem Flur stehen und schloss meine Bürotür, um deutlich zu machen, dass ich mit unserem Gespräch fertig war. Sollte er wieder hereinkommen, würde ich ihm das auf eine ganz andere Weise klarmachen.

Ich drückte einen Knopf auf meiner Uhr, rief einen Bildschirm auf und schickte Ander eine kurze Nachricht über Arturs Verhalten. Es würde ihn nicht überraschen, aber der Vorfall musste dokumentiert werden. Der viel ältere Wandler wurde von Tag zu Tag frecher. Es würde mich nicht wundern, wenn er oder sein Kumpel Enzo Ander bald wieder die Führung streitig machen würden.

Normalerweise war es Enzo, der stärkere Alpha von beiden.

Aber etwas an Arturs Verhalten in letzter Zeit deutete darauf hin, dass er möglicherweise derjenige sein würde, der es als nächstes versuchte.

Wie auch immer, die beiden Arschlöcher würden scheitern. Der Einzige in diesem Sektor, der eine Herausforderung gegen Ander gewinnen könnte, war ich, und das würde nie passieren. Ich hatte keine Lust zu führen und wir beide wussten das.

Ich fuhr mir mit den Fingern durch die Haare und betrachtete Dacianas erstarrte Gestalt auf dem Sofa. Sie bebte förmlich vor Angst.

*Arturs Knurren*, erkannte ich und seufzte.

Ich hockte mich vor sie hin und versuchte, ihren Blick zu einzufangen, aber sie weigerte sich, mich anzuschauen. „Hey", sagte ich leise. „Er ist weg. Es ist alles in Ordnung."

Ich streckte meine Hand aus, um mit meinen Fingerknöcheln über ihre Wange zu streichen, und sie wich von mir zurück, wobei ihre blauen Augen zu meinen aufblitzten.

„Du hast mich angelogen."

Ich runzelte die Stirn. „Nein, das habe ich nicht."

„Du hast gesagt, du würdest mich nicht teilen."

„Und das werde ich auch nicht."

Sie deutete auf die Tür, ihr Zorn färbte ihre Gesichtszüge in ein tiefes Rot. „Du hast diesem Mann gerade gesagt, dass er mich haben kann, wenn du fertig bist."

„Nein, ich …" Ich brach ab und überlegte, was sie gehört haben könnte.

Sie wählte diesen Moment, um von der Couch aufzuspringen und sich auf mich zu stürzen. „Du bist genau wie die Alphas zu Hause! Du benutzt Frauen zum Vergnügen, weil sie unfähig oder unwürdig sind, dir mehr zu geben!" Ihre Handfläche klatschte gegen meine Brust, ihre Wut erfüllte die Luft. „Ash Wolves sind vielleicht anders gebaut, aber wir sind nicht unter eurer Würde. W-wir sind … auf unsere eigene Art besonders, und vielleicht will ich nicht mit eurem X-Clan-Samen kompatibel sein. Vielleicht will ich gar nicht hier sein!"

Ich ließ sie schimpfen.

Akzeptierte die Schläge auf meine Brust.

Während sie weiter über die Unterschiede zwischen uns schimpfte und wie irrelevant sie seien, zum Beispiel, wie Wölfe eben Wölfe sind oder dass die Infizierten sie vielleicht verwandeln konnten, aber dass sie deswegen nicht minderwertig waren und dass sie nicht falsch riechen würde. Sie schimpfte weiter, dass sie mehr wert war als ihre Fähigkeit, sich fortzupflanzen, dass sie keinen Gefährten brauchte, wie sie nie um irgendetwas davon gebeten hatte, wie verängstigt sie war, dass ich sie nicht beanspruchen könnte und zwangsläufig, dass die Vorstellung, mir kein Kind schenken zu können, sie minderwertig und schwach fühlen ließ.

Ihre Wut löste sich in ein Schluchzen auf, und ich fing sie auf, als ihre Knie unter ihr nachgaben.

Ich zog sie in meine Arme und küsste ihre Tränen weg.

Meine starke Omega hatte Angst.

Sie hatte es gut versteckt, aber ich spürte es unter der Oberfläche, und jetzt ließ sie es mich ganz sehen. Ihre innewohnende Angst, dass ich sie zurückschicken oder schlimmer noch, sie einem Mann wie Artur geben würde, dass ihre ganze Existenz auf Erfolg der Paarung ausgelegt war und sie sich bei dieser Abhängigkeit nicht gut fühlte. Sie hatte Angst, ich würde sie später für eine andere, würdigere Omega eintauschen.

Eine X-Clan Omega, die die richtigen Gene hatte, um mir das zu geben, wonach ich mich wirklich sehnte.

Ich hob sie in meine Arme, setzte mich mit ihr auf das Sofa und hielt sie fest, während ich ein Grollen aus meiner Brust entließ, von dem ich wusste, dass es sie beruhigen würde.

Sie zappelte und ich hielt sie fester.

Sie weinte und ich küsste ihre Tränen weg.

Die ganze Zeit über schnurrte ich, bis sie sich schließlich zu beruhigen begann.

„Daciana", flüsterte ich, meine Lippen nahe ihrem Ohr. „Wir wissen noch nicht, was die Zukunft bringt, aber ich verspreche dir, dass ich nie zulassen werde, dass ein Mann wie Artur dich berührt. Niemals."

Sie schüttelte traurig den Kopf. „Ich habe gehört, was du gesagt hast."

„Das war Sarkasmus, Prinzessin." Ich kämmte meine Finger durch ihr Haar, enthüllte ihr süßes Gesicht und blickte in ihre mit Tränen gefüllten Augen. „Es war als abfällige Antwort gemeint, nicht für dich, sondern für ihn." Ich hob ihr Kinn, weil ich wollte, dass sie meine nächsten Worte hörte. „Allein der Gedanke, dich zu teilen, macht mich wütend, Daciana. Ich werde jeden ermorden, der dich anrührt. Hast du das verstanden?"

Ich erlaubte ihr, die Wahrheit in meinem Blick zu sehen und war mir bewusst, dass mein Wolf jetzt auf sie herabstarrte. Er würde den Übeltäter in Stücke reißen.

„Du gehörst mir", fügte ich hinzu, unfähig, das Knurren in meinem Tonfall zu unterdrücken. „Meine, Daciana."

# DACIANA

Elias' Proklamation erschütterte mich, seine Worte versengten meine unguten Gedanken.

Trotz der Worte, die ich auf dem Gang gehört hatte, glaubte ich ihm. Wut pulsierte durch ihn, allein die Vorstellung, dass jemand anderes mich nehmen könnte, ließ ihn seinen Griff auf ein fast schmerzhaftes Niveau anziehen.

Weil er mich nicht teilen wollte.

Dieser Mann, Artur, hatte sich daneben benommen.

„Ja. Klar." sagte Elias. In meinem Kopf schossen seine Worte wieder und wieder ein, auch der Tonfall dahinter und der Geruch von Irritation, der ihn umgab.

Sarkasmus.

Ich verstand das Konzept, erlebte es aber selten.

Er hatte es unhöflich gemeint, um mit dem unmanierlichen Verhalten des anderen Alphas zu konkurrieren.

„Deine", stimmte ich langsam zu und starrte tief in seine Augen, die wölfisch geworden waren. Während mich der menschliche Teil von ihm festhielt, war es jetzt sein Wolf, der zu mir sprach. Er hatte sogar geknurrt und seltsamerweise hatte es mir nichts ausgemacht.

Ich fing seinen Mund mit meinem eigenen ein und küsste ihn.

Er gewährte mir die erste Berührung unserer Zungen, dann übernahm er mit einem Stöhnen, das ich zwischen meinen Beinen spürte. Seine Hände fielen auf meine Hüften, während ich mich auf ihn setzte und meine Arme um seinen Hals schlang.

Mein Brunstzyklus würde erst in ein oder zwei Tagen beginnen, doch mein Inneres befeuchtete sich in Vorbereitung darauf und erinnerte mich an meine Brunst.

Kein anderer Mann hatte je diese Reaktion in mir hervorgerufen.

Bis ich Elias traf.

Er zog mir das Hemd über den Kopf und entblößte meine Brüste. Sein Mund schloss sich um eine Brustwarze, dann um die andere, seine Zähne streiften meine empfindliche Haut und hüllten meinen Körper erwartungsvoll in eine Gänsehaut.

Ich zerrte an seinen Haaren.

Knurrte nach mehr.

Gierte nach seinem Biss.

Oh, ich war so vernarrt in diesen Mann.

Meinen Alpha.

Meinen Elias.

Er drehte sich, bis ich mit dem Rücken gegen das Polster der Couch stieß, seine viel größere Gestalt ragte über mich hinaus. „Ich werde dich ficken, Daciana", sagte er. „Und du wirst so laut schreien, dass dich jeder in diesem verdammten Quadranten hören wird."

Er riss meine Jeans auf.

Zog den Reißverschluss runter und atmete tief ein.

„Alle werden wissen, dass ich in deiner süßen Fotze stecke, Liebling, dass ich dich besitze. Dich besitze und dich beanspruche."

„Ja", zischte ich und hob meine Hüften, um ihm zu helfen, meine Jeans auszuziehen.

„Am Ende werden sie wissen, wie würdig du bist", fuhr er fort, während seine Nase von meinen Knien hinauf zu meinem Innenschenkel glitt. „Das Ash Wolf Omegas genauso schön und erstaunlich sind wie X-Clan Omegas. Sie werden mich beneiden, weil ich dich genommen habe, Baby." Die letzten Worte sprach er direkt über meiner erhitzten Mitte und sein Atem erregte mein empfindliches Lustzentrum.

„Elias", hauchte ich und fuhr mit den Fingern durch sein Haar.

„Du gehörst mir", sagte er, seine Lippen vibrierten über meinen feuchten Falten. Seine Zunge tauchte ein, leckte mich tief und zwang mich, mich in meinem Verlangen von den Kissen abzuheben.

Noch mehr Saft quoll aus mir heraus, direkt in seinen Mund, während er mich auf eine Art und Weise verwöhnte, von der ich bisher nur geträumt hatte.

*Der Himmel*, dachte ich. *Das ist der Himmel.*

Sein Mund.

Seine Zunge.

Seine *Zähne*.

Oh, lieber Gott, ich konnte nicht atmen. Tränen einer ganz anderen Art traten mir in die Augen. Dieser Mann war verrucht. Talentiert. Perfekt. Er zerstörte mich für jeden anderen und ich konnte mich nicht beklagen, denn er hatte mich endlich in die Lust eingeführt. Richtiges Vergnügen. Die Art, die sich weibliche Wölfe wünschten, aber selten erlebten. Zumindest in meinem bisherigen Leben.

Ich verliebte mich noch ein bisschen mehr in ihn, meine Seele verband sich mit seiner in einer baldigen Verpaarung.

Alle Bedenken über unsere Differenzen verschwanden.

Unsere Schicksale verwoben sich.

Er würde mich beanspruchen. Ich spürte es bis in die Knochen. So wie ich wusste, dass ich ihm ein Kind gebären würde. Eines mit dunklem Haar wie sein eigenes und blauen Augen wie meine.

Ich lächelte und wölbte mich noch einmal in ihn hinein, wobei sich mein Unterleib fast schmerzhaft zusammenzog. „Nah dran", schaffte ich es, mit einem Ausatmen zu sagen, während mein Puls in meinen Ohren raste.

„Hmm, ich weiß", murmelte er, seine Augen hoben sich zu meinen. „Schrei nach mir, Prinzessin. Schrei meinen Namen."

Er schloss seinen Mund um meinen Kitzler, saugte hart und verlangte, dass ich einen Orgasmus bekam.

Also tat ich es.

Ich gab ihm alles.

Mein Herz.

Meinen Atem.

Meine ganze Seele.

Sein Name verließ meinen Mund in einem Singsang, meine Glieder zitterten, meine Sicht verschwamm, mein ganzer Körper *sang* nach ihm.

Und dann war er da, glitt in mich hinein, seine Jeans offen, aber immer noch seine Beine umhüllend. Der Abrieb irritierte meine Oberschenkel und holte mich in die Realität zurück, um jeden Zentimeter seines Eindringens zu spüren.

„Das wird weh tun", warnte er mich.

Ich begrüßte ihn mit einem Seufzer, meine Nägel krallten sich in seinen Nacken ein, als sein Mund meinen aggressiv einnahm.

Meine Erregung überzog seine Zunge und hob mich in neue Höhen, während er mich *hart* fickte.

So viel härter als zuvor.

Schnell.

Heftig.

Als würde er seine ganze restliche Frustration von der

Konfrontation in jeden Stoß seiner Hüften gegen meine kanalisieren.

Ich nahm es hin.

Akzeptierte es.

Labte mich an ihm.

Durch den Schmerz begann sich ein Strudel von Gefühlen aufzubauen, was alles in dem empfindlichen Raum zwischen meinen Schenkeln gipfelte.

Jeder Vorstoß schürte meine innere Flamme.

Jedes Ziehen seiner Zähne an meiner Lippe und Zunge intensivierte unsere Vereinigung.

Das köstliche Gefühl seiner Hose, die an meiner empfindlichen Haut scheuerte, ließ mich nach mehr schreien.

Seine Hände umklammerten mein Becken und er brachte mich in einen Winkel, um ihn tiefer empfangen zu können. Ich wusste, er würde blaue Flecken hinterlassen und ich würde sie mit Stolz tragen.

Wir waren geradezu wild in unserem Verlangen, mein Innerstes schlang sich um ihn und verlangte, dass er mich härter nimmt. Sein Mund beanspruchte meinen mit einer Brutalität, die fast blutig endete und unsere Mitte knallte in einem Tempo aufeinander, dass ich keine Luft mehr bekam.

Nicht, dass es wichtig gewesen wäre.

Ich war sowieso zu sehr damit beschäftigt zu schreien.

Meine Stimme war heiser geworden und meine Finger schmerzten, weil ich ihn so fest umklammert hatte, bis ich es nicht mehr aushielt und vor ihm in die Glückseligkeit stürzte, wobei mein innerer Kanal ihn zusammenpresste und verlangte, dass er mir folgte.

Elias stöhnte meinen Namen, leise und tief, dann brüllte er, als er mich von innen heraus beanspruchte, sein Samen ergoss sich schwer in mich, als sich sein Knoten löste.

Das rief eine ganz neue Welle der Lust in mir hervor, die

mich ein drittes Mal in eine Spirale schickte, während mir die Tränen aus den Augen flossen.

Ich keuchte, meine Brust brannte vor Luftnot, mein Herz schlug in einem ungesunden Rhythmus.

Der Geruch von Metall verriet mir, dass einer von uns oder wir beide bluteten.

Ich leckte mir über die Unterlippe und schmeckte es.

Ich bebte unter ihm, fühlte mich erstaunlich benutzt und absolut voll von *ihm*. Meinem Gefährten. Meinem Elias. Er hatte mich immer noch nicht gebissen. Nicht so, wie er es musste. Aber ich spürte seine Absicht in der Art, wie er mich hielt, dem Blick in seinen Augen und dem Pochen seines Schwanzes zwischen meinen Beinen.

Er betrachtete mich bereits als sein und in ein paar Tagen würde er es für uns beide endgültig machen.

Sobald ich läufig geworden war.

Ich fragte nicht, warum er es heute oder gestern Abend nicht versucht hatte, obwohl ich es wahrscheinlich hätte tun sollen, aber ein Teil von mir wollte nicht fragen, weil ich es schon wusste.

Er würde kein Weibchen beanspruchen, das er nicht schwängern konnte.

Kein Alpha würde das.

Mein Herz stach bei diesem Wissen, aber ich schluckte die Emotionen hinunter und verstand die praktische Seite unserer Situation.

Er verdiente eine Gefährtin, die ihm ein Kind gebären konnte.

Ich musste nur sicherstellen, dass ich diese Gefährtin sein konnte.

*Ich werde es sein*, dachte ich, *ich muss es sein.*

Denn genau wie Elias hatte ich nicht die Absicht, ihn jemals mit einer anderen zu teilen. Außer, dass er bereits andere hatte. Betas.

Ich runzelte die Stirn.

Wie konnte ein Mann mein sein, wenn er sich mit anderen vergnügte?

„Das ist nicht der Blick eines zufriedenen Weibchens", flüsterte Elias, seine Augen auf mich gerichtet, wie sie es immer waren. Er war so im Einklang mit jeder meiner Emotionen und Gedanken. „Sag mir, woher dieser Ausdruck kommt, und lüge nicht."

„Es ist nichts", sagte ich, meine Stimme klang kratzig vom vielen Schreien.

„Lüge", warf er ein und drehte uns auf die Seite, sodass sein Rücken dem Raum zugewandt war und mein Rücken gegen die Couch gepresst wurde, was mich effektiv einschloss. „Antworte mir, Daciana." Er zog mein Bein über seinen Oberschenkel und hielt uns eng aneinander gedrückt, während er sich weiter in mir ergoss. „Jetzt."

Ich sträubte mich unter seinem Befehl. Er hatte mich nicht nur in einer unterlegenen Position, sondern nutzte auch noch seine Dominanz gegen mich aus. „Du hattest andere Geliebte", stellte ich unverblümt fest. „Der Gedanke an sie ließ mich die Stirn runzeln. Genauso wie du sicher die Stirn runzeln würdest, wenn ich andere Liebhaber hätte, aber ich werde sie nie haben, nicht wahr?"

Er bäumte sich auf, als hätte ich ihm eine Ohrfeige verpasst. „Willst du andere Liebhaber?"

„Nein", schnauzte ich. „Es wäre nur … Ich will nicht …" Ich knurrte irritiert. „Du hast einen absolut schönen Moment ruiniert, und ich kann nicht mal gehen, weil, na ja." Ich drehte meine Hüften und stöhnte auf, als ich merkte, wie es sich anfühlt.

*Verdammter Alpha-Knoten!*

Sein Ausdruck verwandelte sich in einen der Belustigung, als ein Lachen seine Brust verließ. „Du bist hinreißend, wenn du nervös bist, Daciana."

„Und du bist irritierend, wenn ... wenn... na ja, gerade jetzt", erwiderte ich, und meine Wut verflüchtigte sich, weil ich mich so lächerlich anhörte. „Schon gut." Ich vergrub mein Gesicht in seinem Hemd, oder versuchte es zumindest. Seine Handfläche erwischte meinen Nacken und zog mich zurück, zwang mich, ihn und sein verdammt ärgerliches Lächeln anzusehen.

„Du bist eifersüchtig."

Ich rollte mit den Augen und würdigte diese Aussage nicht einer Antwort. Er würde auch eifersüchtig sein, wenn die Rollen vertauscht wären.

Nein, eigentlich würde er einen mörderischen Amoklauf veranstalten.

Es sei denn, er würde mich wirklich teilen wollen.

Ich schüttelte den Kopf, um diesen Gedanken zu verwerfen. Nein. Ich spürte, wie sehr er mich nicht teilen wollte. Die Wunde zwischen meinen Schenkeln bewies es.

„Das sind meine *früheren* Liebhaberinnen, Daciana", sagte Elias und zog seinen Griff fester an. „Das heißt, meine Vergangenheit. *Du* bist meine Zukunft."

„Es sei denn, ich kann dir keinen Erben gebären", erinnerte ich ihn.

Er knurrte als Antwort, hielt dann sofort inne und fluchte. „Es tut mir leid." Er drückte seine Stirn an meine. „Es tut mir leid, Daciana."

Es dauerte einen Moment, bis ich verstand, warum er sich entschuldigte. Dann weiteten sich meine Augen. *Er nimmt mich ernst.* Das wusste ich natürlich schon, aber seine Zerknirschung in seinem *Knurren* zu spüren, ließ mich ihn in einem ganz neuen Licht betrachten.

Mehr noch: Sein Knurren hatte mich nicht gestört.

Wenn überhaupt, hatte es mir *gefallen*, weil es die Stelle kitzelte, an der wir verbunden waren.

„Mach es noch mal", flüsterte ich, verlor den Fokus auf

unser Gespräch und starrte tief in seine dunklen Augen. „Knurre noch mal."

„Was?"

„Bitte. Ich will … Ich muss etwas sehen." Ich schluckte. „Mach ein Paarungsknurren. Nur ein leises."

„Daciana …"

„Nur eins", flehte ich ihn an.

Er musterte mich einen langen Moment lang, dann gab er mit einem subtilen, sanften Knurren nach, das direkt durch meinen Kitzler schoss. Ich stemmte mich gegen ihn, mein Körper erzitterte, als ein neuer Schwall von Nässe den Schwanz, der tief in mir steckte, überzog. „*Oh*", flüsterte ich und erschauderte. „*Oh*, das hat mir gefallen."

Ein weiteres Knurren folgte, diesmal stärker, und die Vibration schüttelte mich von Kopf bis Fuß durch.

Ich packte seine Schultern und hielt mich fest, als ein weiteres dieser erstaunlichen Gefühle über mich kam.

„Noch mal", hauchte ich, meine Schenkel über seine Beine drückend, in dem Versuch, ihn in mich zu treiben.

„Ich kann nicht", flüsterte er. „Nicht, bis mein Knoten wieder bereit ist."

Ein eigenes Knurren ließ uns beide vibrieren, was mir ein Glucksen des Alphas einbrachte.

„Verdammt, du bist perfekt", staunte er, legte seine Hand in meinen Nacken und zog mich zu ihm herunter, damit ich seinen Kuss erwidern konnte.

Weiche, pralle Lippen eroberten meine. Seine Zunge drang langsam in meinen Mund ein, um mich erneut zu beanspruchen. Ich stöhnte und verlor mich völlig an ihn.

Was auch immer er sagte, es spielte keine Rolle.

Was auch immer unsere Zukunft bringen würde, es war mir egal.

Mit ihm in diesem Moment zusammen zu sein, bereitete

mir mehr Glück als ich in meinem ganzen vorherigen Leben verspürt hatte. Dafür würde ich ihm für immer dankbar sein.

Wir küssten uns minutenlang, vielleicht sogar stundenlang, ließen unsere Körper für uns sprechen. Und als es endlich Zeit für ihn war, mich wieder zu nehmen, knurrte er. Nicht harsch. Nicht fordernd. Nur ein subtiles, warmes Geräusch, das mein Schicksal besiegelte.

Ich gehörte ihm mit meinem Herz, meinem Körper und meiner Seele.

Ihm.

Und die Art, wie er mich nahm, sagte mir, dass auch er das wusste.

# ELIAS

„SIE IST FRUCHTBAR", berichtete Ceres am Kopfende des Ratstisches, seine Stimme war emotionslos. „Aber wir werden nicht wissen, ob sie eine gastfreundliche Gebärmutter hat." Das würde sich morgen oder übermorgen herausstellen, da sich ihr Brunstzyklus nach dem Vollmond richtete.

„Wie praktisch", murmelte Enzo.

Artur schnaubte neben ihm. „Wir sollten es wie in den alten Zeiten machen, sie in einen Raum sperren und alle Alphas sie haben lassen. Der Stärkste von uns wird seinen Samen pflanzen."

„Wahrscheinlicher ist, dass sie gar nicht schwanger wird", wandte Enzo ein. „In diesem Fall könnten wir wenigstens sagen, dass wir es alle versucht haben, anstatt es Elias zu überlassen. Wir wissen nicht einmal, ob er in der Lage ist, eine Omega zu schwängern."

Meine Augenbrauen schossen in die Höhe.

Es war Ander, der antwortete: „Doch, das wissen wir. Ceres hat ihn getestet, und er ist ein geeigneter Kandidat für diesen Job."

Dass mein Sperma so offen diskutiert wurde, ließ meine Backenzähne verärgert knirschen. Es war natürlich viel schlimmer, dass die inneren Organe meiner zukünftigen

Gefährtin auf jedem Bildschirm im Raum angezeigt wurden. Sie hatten ihr jedes Quäntchen Privatsphäre genommen, das sie jemals zu besitzen glaubte, und allen Alphas in diesem Raum ihre Testergebnisse gezeigt. Dazu gehörten auch Fotos.

Das verursachte mir Bauchweh.

Wenigstens war sie nicht hier. Ich konnte mir ihre Reaktion nur vorstellen, sie würde abschalten. Schweigend wie immer. Beobachten ohne einen Ton. Analysieren. Zuhören. Die ganze Zeit über ihren Wert nachdenkend, während eine Gruppe von Männchen ihre Tauglichkeit zur Paarung diskutierte.

Vor einer Woche verstand ich diese Mission.

Heute verabscheute ich sie.

„Er hat sie nicht beansprucht", fügte Artur hinzu. „Ich sehe keinen Grund, warum wir nicht alle eine Chance bekommen können, um zu sehen, ob sie unseren Samen während ihrer Brunst akzeptiert. Wenn sie so ist wie die Omegas in Andorra, wird sie nichts dagegen haben."

Eine Handvoll Knurren antwortete auf diese Bemerkung, sie alle gehörten zu den begatteten Alphas im Raum.

Artur grinste nur als Antwort. „Glaubt ihr, wir hören eure Gefährtinnen nicht im Rausch der Leidenschaft? Dass wir sie nicht riechen?"

„Willst du dich umbringen lassen?" Ich fragte mich laut. „Denn ich bin mir ziemlich sicher, dass das Provozieren eines begatteten Alphas gleichbedeutend mit dem Betteln um ein Todesurteil ist."

Er lächelte. „Das kannst du nicht wissen, oder?"

„Ja, warum hast du nicht versucht, das Mädchen zu paaren?" Enzo drängte. „Zu besorgt, dass sie dir keinen Erben schenken könnte? Willst du deinen Biss nicht an eine Omega verschwenden, die so unwürdig ist?"

„Genug", schaltete sich Ander ein, sein Knurren war entschlossen.

Aber dazu wollte ich etwas sagen. „Nein, das muss ich beantworten."

Seine goldene Iris flackerte, als er meinem Blick begegnete und ihn festhielt.

Ich wich nicht zurück.

Der Rat brauchte meinen Grund, sonst würden sie Enzos idiotischer Erklärung glauben und Daciana verdiente etwas Besseres als das. Es hatte nichts mit dem zu tun, was sie mir bieten konnte, und alles mit dem, was ich ihr geben konnte.

Ander nickte diskret.

Er kannte diesen Teil bereits, denn er hatte mir eine ähnliche Frage gestellt, kurz nachdem er mich heute Morgen von meiner Suite abgeholt hatte. Jonas kam mit ihm und hatte sich bereit erklärt, vor meiner Tür Wache zu stehen, in der Zeit, während wir bei der Versammlung waren.

Natürlich waren die einzigen Männchen, bei denen ich befürchtete, dass sie ihr etwas antun könnten, in diesem Raum. Aber angesichts ihrer Vorliebe, Lakaien für ihre schmutzige Arbeit zu rekrutieren, musste ich sicher sein, dass Daciana in Sicherheit war.

„Nun?", fragte Enzo. „Hast du etwas dazu zu sagen, *Kommandant?*" Sein spöttischer Ton blieb nicht unbemerkt, aber ich beschloss, nicht auf den Köder einzugehen. Es war das, was er wollte, und wir hatten wichtigere Dinge zu besprechen.

„Der Grund, warum ich noch nicht versucht habe, sie zu beanspruchen, ist, dass ich sie nicht an mich binden möchte, wenn ich ihr kein Kind schenken kann. Wir alle wissen, wie wichtig die Fortpflanzung für eine Omega ist. Ihr die Möglichkeit zu nehmen, Mutter zu werden, wäre ein grausames, unnötiges Schicksal. Und so sehr ich sie auch als mein Eigentum beanspruchen möchte, so sehr ich auch das

Gefühl habe, dass sie bereits mein ist, werde ich ihr das nicht antun."

Artur stieß ein Lachen aus. „Siehst du, selbst Elias hält sie nicht für eine brauchbare Kandidatin."

„Das habe ich nicht gesagt."

„Deine Worte implizierten es", konterte er.

„Nein. Meine Worte implizieren, dass ich ein Mann von Ehre bin, der eine Omega nicht wie ein verdammtes wissenschaftliches Experiment behandeln will. Sie ist eine wunderschöne Frau, die eine Zukunft verdient, auch wenn ich nicht derjenige bin, der ihr diese geben kann." Es tat weh, die Worte auszusprechen, da meine Zuneigung zu ihr bereits in meiner Seele verwurzelt war. Aber ich konnte kein Mann sein, der eine Frau aus reinem Egoismus an sich bindet. Das wäre ihr gegenüber nicht fair.

Ander war mit meiner Entscheidung nicht einverstanden, und sein Gesichtsausdruck sagte das jetzt auch.

Aber das war nicht sein Leben oder seine Entscheidung. Es war meine.

„Nun, ich habe kein Problem damit, eine Omega an mich zu binden, nur um sie zu ficken", mischte sich Enzo ein. „Lass mich sie haben und schau, was passiert, wenn sie beiße."

Ich knurrte leise, meine Warnung ließ den ganzen Raum vibrieren. „Du willst nicht mal ein Ash Wolf Weibchen. Du sagtest, sie wäre zu unrein für deinen Geschmack."

„Ich weiß es nicht. Der Duft, den sie gestern in deinem Büro verströmt hat, war verlockend genug", warf Artur ein. „Ich hätte selbst nichts gegen eine Kostprobe dieser süßen Omega-Hure."

Ich stand auf und mein Stuhl flog gegen die Wand.

Ander war eine Sekunde später da, seine Handfläche auf meiner Brust, die mich in Schach hielt.

„*Bleib ruhig*", befahl er, die Worte waren hart und ließen meine Zähne erneut aufeinander knirschen.

Er hatte recht.

Ich wusste, dass er recht hatte.

Aber verdammt, ich konnte mich kaum zurückhalten. Ich wollte Enzo zu Brei schlagen, ihm das verdammte Grinsen aus dem Gesicht schlagen und ihm in den Arsch treten.

Das war genau das, was er wollte.

Wenn wir uns jetzt prügeln würden, wäre ich wahrscheinlich für ein oder zwei Tage außer Gefecht gesetzt und würde meine Chance bei Daciana verlieren.

Dann würde Artur wahrscheinlich meinen Platz als dritthöchster im Rang einnehmen.

Das konnte ich auf keinen Fall zulassen.

„Gibt es noch etwas Wichtiges zu besprechen, Ceres?", fragte Ander, der immer noch mit seiner Handfläche auf meiner Brust bei mir stand. Wir beide beherrschten im Wesentlichen den Tisch, während der Arzt der einzige andere im Raum war, der auf den Beinen stand.

„Ihr genetisches Panel ist fast identisch mit unserem, mit Ausnahme von zwei Genen. Ich vermute, dass eines davon mit der Schwäche der Ash Wolves gegen die Infizierten zusammenhängt."

Das ließ mich innehalten und weckte mein Interesse. „Kannst du es isolieren und sie möglicherweise immun machen?"

Ceres' hellgrüne Augen sahen mich an. „Ja. Mit weiteren Tests." Es war präzise formuliert, aber ich nahm auch den Stich wahr, den dieser Satz in mir auslöste.

„Das können wir nach ihrer Brunst besprechen", erklärte Ander weise.

Denn er wusste, wenn alles nach Plan verlief, würde sie am Ende meine Gefährtin sein, was ihr einen höheren Status einbrachte. Zu diesem Zeitpunkt würde ich entscheiden, ob jemand meine Gefährtin berühren durfte, und ich würde Daciana nach ihrer Meinung zu diesem Thema befragen können.

„Wenn ein Gen die Immunität gegen die Infizierten betrifft, was ist dann die andere Ausnahme?", fragte Samuel. Der Wolf war notorisch auf der Seite von Enzo und Artur, aber er schien wirklich neugierig zu sein. Da er selbst ein Wissenschaftler war, überraschte es mich nicht.

„Ich bin mir nicht sicher, weil meine Proben unvollständig sind." Ein weiterer Seitenhieb von Ceres.

„Wenn man bedenkt, dass du mehrere Liter Blut und eine unglaubliche Menge anderer Flüssigkeiten entnommen hast, würde ich denken, dass du mehr als genug hast, um damit zu arbeiten, Doktor", warf ich ein.

Seine Lippen verzogen sich zu einem Knurren.

Ich erwiderte die Geste, nicht im Geringsten eingeschüchtert von dem verdammten Beta.

„Richtig. Nun, wie ich schon sagte, wir können diese Diskussion auf die Zeit nach ihrer Brunst verschieben", wiederholte Ander, wobei seine Hand vorsichtig auf meine Brust drückte. „Gemäß der Vereinbarung mit dem Alpha des Shadowlands Sektors hat Elias die Omega umworben und ihre Gunst gewonnen. Sie hat ihn gebeten, sie persönlich durch ihren Zyklus zu begleiten, und das wird er auch tun. Es werden keine alten Methoden auf diese Situation angewandt." Der letzte Teil war an Enzo und Artur gerichtet.

Beide sahen ihn höhnisch an und schüttelten den Kopf.

„Und ich dachte, du wärst ein Freund der Diplomatie, Cain", sagte Enzo abfällig.

„Bin ich auch." Ander lächelte. „Wir haben bereits über das Abkommen abgestimmt, es wurde angenommen, und ein Teil der Anforderungen beinhaltete das Umwerben. Was bereits geschehen ist. Ende der Diskussion."

Artur starrte ihn nur an, der Trotz stand ihm ins Gesicht geschrieben.

Ich fügte meiner Vorbereitungsliste für morgen Waffen hinzu, denn es schien, als würde ich sie brauchen können.

Ander entließ den Rat kurz darauf mit der Bemerkung, dass wir uns in einer Woche mit meinen Erkenntnissen wieder treffen würden. Die ganze Sache bereitete mir Bauchschmerzen.

„Sie ist mehr als ein Experiment", sagte ich ihm, als er mir zurück in meine Suite folgte.

„Ich weiß."

„Ist das so?", konterte ich. „Ich verstehe, wie wichtig dieser Deal ist, aber sie ist genauso wertvoll wie deine Omega. Und du würdest ihnen niemals erlauben, auf diese Weise über Katriana zu sprechen."

„Das tun sie aber trotzdem", erwiderte er und sah mich an. „Das ist die Natur des Spiels, Elias. Das weißt du. Enzo und Artur sind schon seit Jahrzehnten hinter meinem Sitz her. Sie verlieren immer, aber das hält sie nicht davon ab, Arschlöcher zu sein."

„Sie wollen Daciana nicht einmal", murmelte ich und fuhr mir mit den Fingern durch die Haare, als sich die Aufzugstüren öffneten.

Jonas stand an der Wand, die Hände in den Taschen, sein Blick gelangweilt wie immer. Seine eisblauen Augen wanderten über uns, seine Lippen verzogen sich. „Nun. Scheint, als wäre nichts Außergewöhnliches passiert.", stellte er fest.

„Hast du mit Blut gerechnet?", fragte ich mich laut und grinste meinen Lieblingssoldaten an. Er diente für die Iceland Crisis Response Unit, als das Land noch existierte.

*Knallhart* trifft für seine Beschreibung nicht mal ansatzweise zu.

„Angesichts der Art und Weise, wie Enzo und Artur sich verhalten haben, seit Katriana hier ist, ja, das habe ich irgendwie." Er stieß sich von der Wand ab. „Ich glaube, deine vorgesehene Gefährtin versucht gerade, Frühstück zu machen. Du solltest sie vielleicht aufhalten, solange du noch kannst."

Meine Lippen verzogen sich. „So schlimm, hm?"

„Ich glaube, sie ist nicht an unsere technischen Fortschritte gewöhnt", war alles, was er sagte, bevor er in den Aufzug trat, den wir gerade verlassen hatten. „Sag mir Bescheid, falls du mich diese Woche als Aufpasser brauchst."

Die Türen schlossen sich und ich war wieder mit Ander allein.

„Meinst du, Enzo oder Artur werden etwas versuchen?", fragte ich ihn.

„Es wäre Selbstmord, wenn sie versuchen würden, sich einzumischen. Abgesehen davon scheinen sie in letzter Zeit alle Grenzen auszuloten."

„Sie führen etwas im Schilde", stimmte ich zu und meine Nase zuckte bei dem Geruch von etwas Verbranntem. „Hm." Ich fischte meine Schlüssel aus der Tasche und öffnete die Tür zu meiner Suite, als in der Küche ein Fluch fiel.

Ander folgte mir mit einem amüsierten Blick.

Wir hielten auf der Schwelle inne, um zu sehen, wie meine zukünftige Gefährtin mit der Hand herumfuchtelte und ein Stück schwarzen Toast auf den Boden warf. „Dein Toaster will mich umbringen!", beschuldigte sie und pustete auf ihre Finger, die knallrot waren.

Ich drehte das Wasser auf, vergewisserte mich, dass es kalt war, und packte ihr Handgelenk, um ihre verbrannten Finger unter den beruhigenden Strahl zu führen.

Sie zischte zuerst, dann seufzte sie und schmolz mit mir zusammen.

Alles, was sie trug, war ein weiteres meiner Hemden, der Stoff reichte ihr bis zu den Knien.

Ich hatte Kleidung für sie bestellt, aber sie war noch nicht angekommen. Bei meinem Glück würde sie morgen auftauchen, wenn wir sie nicht mehr brauchten.

„Wie wärs, wenn du deine Hand weiter hier drunter hältst, und ich mache Frühstück?" bot ich an und küsste ihre Schläfe.

„Das ist mein Stichwort zu bleiben", sagte Ander und stemmte seine Hüfte gegen den Tresen.

Ich warf ihm einen Blick zu. „Oder eine Aufforderung zu gehen", erwiderte ich.

„Nö. Ich bin mir ziemlich sicher, dass du willst, dass ich bleibe." Er nahm einen Becher und drehte ihn in seiner Hand. „Ich mache Kaffee."

„Du hast nicht vor, zu deiner Gefährtin zu gehen?"

„Vollkommen richtig, mein Freund", erwiderte er und bückte sich, um den verbrannten Toast aufzuheben und ihn in den Mülleimer zu werfen.

„Du gehst ihr aus dem Weg", stellte ich fest.

„Nicht ganz." Er schaltete meine Kaffeemaschine ein und beendete damit das Gespräch.

Na schön, wenn er nicht über seine Probleme mit Katriana reden wollte, dann ließ ich ihn damit in Ruhe.

„Frühstück, aber dann gehst du zurück zu deinem Kätzchen", sagte ich ihm.

Er schnaubte. „Nun, sie hat auf jeden Fall Krallen."

„Ich wette, die hat sie." Ich küsste Daciana auf die Wange, bevor ich ihre Hand untersuchte und feststellte, dass ihre Haut bereits heilte. Ein Gestaltwandler zu sein hatte sicherlich Vorteile. „Willst du etwas Tee?"

Sie schüttelte den Kopf. „Ich habe schon welchen

gemacht." Sie deutete auf die Kanne auf dem Tisch. „Ich wollte mir gerade einen Toast dazu machen, als dein Toaster mich angegriffen hat."

Ich lächelte. „Ja, er kann viel mehr als nur Toastbrot machen." Ich würde ihr später zeigen müssen, wie man ihn benutzt. „Lass uns stattdessen Waffeln probieren."

„Waffeln?" Sie rümpfte die Nase. „Ich habe noch nie welche gegessen."

„Dann wirst du dich freuen, denn mein *Toaster* macht hervorragende Waffeln." Ich wackelte mit den Augenbrauen, woraufhin ihre Lippen nach oben zuckten. „Geh und setz dich. Ich mache uns allen drei was zu essen, weil Ander sich selbst eingeladen hat."

„Betrachte es als Recherche", sagte er, schenkte zwei Tassen Kaffee ein und reichte mir eine davon. „Beziehungsforschung."

„Uhhuh." Eher Beziehungsvermeidung. Was auch immer er mit Katriana am Laufen hatte, es machte ihm zu schaffen und er sehnte sich nach Ablenkung. Da er offensichtlich nicht darüber reden wollte, ließ ich ihm seine Ablenkung und beschäftigte mich damit, Frühstück zu machen.

Er würde seinen Scheiß schon auf die Reihe kriegen, genauso wie ich mit meinem klarkommen würde.

Daciana lächelte vom Tisch aus, ihre kleinen Hände um ihre Tasse geschlungen.

Ich erwiderte die Geste und fühlte mich mehr zu Hause als je zuvor.

Der Gedanke, dass sie nicht zu mir passte, ließ mein Herz in meiner Brust stocken, die Vorstellung, sie gehen lassen zu müssen, raubte mir den Atem. Es war das Richtige, aber wenn ich sie jetzt ansah, fragte ich mich, ob ich das wirklich durchziehen konnte. Denn allein der Gedanke, dass ein anderer Mann sie berührte, ob nun Ash Wolf oder ein anderer, ließ mich einen Mord begehen wollen.

Ich hielt mich am Tresen fest, mit dem Rücken zu Daciana und Ander.

*Reiß dich zusammen,* dachte ich, schloss meine Augen und atmete tief ein. *Du kennst die Zukunft nicht. Eines Tages, zu einem bestimmten Zeitpunkt ...*

Mit diesem Mantra im Kopf machte ich unsere Teller fertig, holte den Sirup aus dem Wärmer und brachte alles an den Tisch.

*Eines Tages, zu einem bestimmten Zeitpunkt ...*

Nun, das funktionierte alles, außer dass morgen der Tag sein könnte und wenn das der Fall war, würden wir bei Sonnenuntergang unser Schicksal kennen.

Ich hoffte nur, es war das, das wir wollten.

# DACIANA

DER STAPEL DECKEN auf dem Boden neben meinem Bett wärmte mein Herz. Es war ein Geschenk von meinem Alpha. Das war seine Art, mir zu helfen, damit ich mein Nest für meinen Zyklus vorbereiten konnte. Er wusste, dass ich mich in den nächsten Tagen meines Zyklus darin eingraben würde.

Draußen vor den Fenstern war die Nacht hereingebrochen, der Vollmond beleuchtete Andorra mit einer Kaskade aus fahlem Licht.

Elias näherte sich hinter mir, seine Arme umschlangen meine Taille, während wir gemeinsam den Anblick bewunderten. „Wie fühlst du dich?", fragte er leise.

Ich schluckte, weil ich wusste, was er meinte. „Die Krämpfe haben eingesetzt." Ein dumpfer Schmerz im Inneren, der normalerweise eine tief sitzende Angst in mir auslöste. Doch heute Abend fühlte ich mich seltsam ruhig, da ich im Schutz meines Alphas stand. Zum ersten Mal überhaupt begleitete mich ein Männchen durch meine Brunst. Schmetterlinge flatterten in meinem Bauch und die Aufregung schickte mir eine Gänsehaut meine Wirbelsäule rauf und runter.

Alles an diesem Moment fühlte sich richtig an. Die Art,

wie er mich hielt, die Wärme, die von seinem nackten Körper in meinen strömten, und die harte Verheißung, die gegen meinen Hintern wuchs.

Hmm, er würde sich um jedes meiner Bedürfnisse kümmern. Das hatte er bereits, wenn man den Zustand des Schlafzimmers betrachtete. Zusätzlich zur verschiedenen Bettwäsche hatte er uns mit Wasser, Snacks und anderen nützlichen Dingen eingedeckt, damit wir zusammen in einem Kokon der Glückseligkeit gefangen sein konnten. Für einen Alpha, der noch nie eine Omega während ihres Brunstzyklus gesehen hatte, leistete er definitiv ausgezeichnete Arbeit.

„Wer hat dir bei den Vorbereitungen geholfen?", fragte ich mich laut, als ich mich in seinen Armen drehte.

Seine dunklen Augen lächelten auf mich herab. „Jonas und Riley haben mir ein paar Tipps gegeben." Er fuhr mit dem Daumen meine Wirbelsäule hinauf und umfasste meinen Nacken, während sein anderer Arm um meine Schulterblätter geschlungen blieb. „Jetzt sag mir, wie du dich wirklich fühlst. Nicht nur körperlich, sondern auch seelisch."

„Ich bin …" Ich brach ab und überlegte. „Ich habe Frieden mit mir geschlossen", gab ich leise zu. „Ein Teil von mir ist nervös, aber ich habe mich noch nie so sicher gefühlt. Normalerweise bin ich an diesem Punkt ein Nervenbündel, befinde mich zitternd mitten im Wald und bete, dass mich niemand findet. Dann schlägt der Schmerz zu und ich bereue sofort meine Isolation, aber er ist so stark, dass ich nichts dagegen tun kann. Wenn ich dann aus diesem Zustand wieder herauskomme, hasse ich mich selbst, da ich weiß, dass ich den ganzen Prozess in weniger als einem Monat wiederholen muss.

Aber dieses Mal ist es anders. Mit dir … Mit dir ist es anders."

Er musterte mich einen langen Moment lang, seine Brauen zogen sich nach unten. „Ich habe das Gefühl, als ob mein ganzes Leben auf diesen Moment hinführen sollte", staunte er leise. „Als wäre alles, was ich je getan habe, für dich gewesen, obwohl ich bis vor kurzem gar nicht wusste, dass es dich gibt."

Ich leckte mir über die Lippen, denn mir ging es genauso. Es war, als ob all die Qualen im Wald meine Art gewesen war, mich für ihn zu bewahren, für meinen würdigen Gefährten. „Mir geht es genauso."

Elias drückte seine Stirn an meine, sein Seufzer entwich meinen Mund. „Ich muss dich etwas fragen. Etwas Schwieriges."

Ich runzelte die Stirn und zog mich zurück, um ihn zu mustern. „Was ist es?", fragte ich, wobei sich mein Magen auf eine nicht gerade angenehme Weise verkrampfte.

Er räusperte sich und Unsicherheit spiegelte sich auf seinem Gesicht wider.

Was auch immer er zu fragen hatte, es würde nicht angenehm sein und ich vermutete, dass ich genau wusste, was er wissen wollte.

„Unsere Schicksale werden sich am Ende deines Zyklus entweder vereinigen oder nicht", begann er und bestätigte damit meinen Verdacht bezüglich des von ihm gewählten Themas. „Ich muss wissen …" Er räusperte sich noch einmal. „Ich muss wissen, wie du vorgehen willst, falls wir nicht in der Lage sein sollten, gemeinsam Leben zu erschaffen."

Mein Herz hörte auf zu schlagen, allein die Vorstellung, dass wir nicht zusammenpassen könnten, ließ mir den Atem in der Brust erstarren.

„Wir wissen noch gar nichts", beeilte er sich hinzuzufügen. „Die Berichte von Ceres haben alle bestätigt, dass du fruchtbar und zeugungsfähig bist. Wir wissen nur nicht, ob du meinen Samen annehmen kannst oder nicht und für den Fall, dass du es nicht kannst, werde ich …" Er seufzte, sein Gesicht senkte sich. „Ich weiß, wie wichtig die Fortpflanzung für Omegas ist, Daciana. Ich würde dir das niemals wegnehmen wollen. Selbst wenn es bedeutet, dass ich verleugnen muss, was ich innerlich fühle."

*Warte* … Meine Stirn legte sich verwirrt in Falten. „Innerlich fühlen?"

„Dass du mir gehörst", flüsterte er. „Dich nicht zu beanspruchen, war eine der schwierigsten Aufgaben, die ich je hatte, aber ich kann dich nicht an mich binden, ohne zu wissen, ob ich dir alles bieten kann, was du brauchst. Es wäre nicht richtig und obwohl ich mir das immer wieder sage, steigt mein egoistisches Bedürfnis, dich für mich zu beanspruchen, weiter an. Also musst du mir dein Verlangen nach mir bestätigen, laut …, damit ich diesen Trieb in Schach halten kann. Bitte."

„Du hast mich nicht beansprucht, weil du dir Sorgen um meine Fähigkeit machst, dein Kind zu tragen", übersetzte ich.

Er nickte. „Und ich weiß, wie sehr Omegas Kinder schätzen. Ich kann dir diesen Traum nicht nehmen."

„Was ist mit dir?" drängte ich, um sicherzugehen, dass ich es verstanden hatte. „Willst du nicht selbst ein Kind haben?"

Elias wandte sich nach innen, suchte die Antwort in seinem Inneren und seufzte. „Doch, aber ich will dich mehr und ich weiß, es ist egoistisch von mir, das zuzugeben. Deshalb musst du mir deine Wünsche sagen, damit ich deine Bedürfnisse vor meine Eigenen stellen kann."

„Wenn ich also nicht in der Lage bin, deine Nachkommen zu gebären, würdest du das akzeptieren."

Keine Frage, sondern eine Feststellung. Eine, die von Schock unterstrichen wird. „Du bist ein Alpha. Fortpflanzung ist deine ultimative Bestimmung."

Er lachte. „Ja, es ist ein Wunsch, aber die richtige Gefährtin zu finden, steht höher auf meiner Wunschliste. Ich nehme an, das unterscheidet mich von anderen, denn du hast recht, die meisten Alphas wollen einen Erben. Obwohl ich gerne einen hätte, ist es mir aber nicht so wichtig, wie eine Gefährtin fürs Leben zu finden. Ein unverpaarter Alpha zu sein, ist eine einsame Existenz, Daciana und nach meinen Erfahrungen mit dir, nun, werden Betas meine Bedürfnisse nicht mehr erfüllen können. Nicht, seitdem ich weiß, wie es sich anfühlt, sich zu verknoten."

Ich starrte ihn an. „Wie können wir nach so kurzer gemeinsamer Zeit schon so tief verbunden sein?" Ich flüsterte, ehrfürchtig, denn ich empfand dasselbe für ihn. Während ich mich nach einem Kind sehnte, wollte ich ihn mehr und irgendetwas sagte mir, dass das kein flüchtiges Verlangen war, sondern eines, dass aus meiner Seele kam.

Sein Blick erwärmte sich, seine Lippen verzogen sich zu einem Lächeln. „Ich weiß nicht, mein Schatz. Aber das ist es, was ich fühle."

„So empfinde ich auch." Ich ging auf die Zehenspitzen, um ihn zu küssen. Meine Lippen versiegelten seinen Mund mit einem Kuss, während ich all meine Gefühle in diese Umarmung legte.

Dieser Mann übertraf alle meine Erwartungen und erwies sich bei jeder Gelegenheit als würdiger und würdiger. Ich wollte, dass er wusste, wie sehr ich ihn schätzte, wie sehr ich mich danach sehnte, mit ihm zusammen zu sein, unabhängig von unseren biologischen Unterschieden.

Wenn wir kein Baby haben konnten, dann würden wir einen anderen Weg finden, um zusammen zu sein.

Im Andorra Sektor drehte sich alles um Wissenschaft, Gesundheitswesen und Technologie. Wenn jemand einen Weg für uns finden konnte, dann waren es die Wölfe, die unter dieser Kuppel wohnten.

Ich sagte das laut, was mir ein leises Knurren meines Alphas einbrachte. Eine neue Welle des Verlangens traf mich zwischen den Schenkeln, mein Duft der Erregung durchdrang die Luft, als die Anfangsphase meiner Brunst begann.

Ob er mich dazu gezwungen hatte oder das Schicksal diesen Moment für den Beginn meiner Brunst gewählt hatte, wusste ich nicht. Es war mir auch egal. Ich war zu sehr in seinem Mund versunken, um über solche frivolen Details nachzudenken.

Was zählte, war, dass meine Seele ihn gewählt hatte, genau wie mein Herz und mein Körper.

Ich umschlang ihn mit meinen Armen, kletterte praktisch nach oben, um das zu erreichen, was ich am meisten begehrte – mein Zentrum gegen seine pochende Erregung zu pressen.

„Ja", zischte ich, meine Beine schlossen sich um seine Lenden, als er mich mit einer Hand auf meinen Hintern in die Luft hob.

Er setzte sich mit einem einzigen Stoß in mich hinein, die Verbindung war köstlich und perfekt.

Mein Rücken schlug gegen die Wand und seine Hüften führten unsere Bewegungen.

Sein Mund war ein Segen für mich.

Oh, ich liebte das.

Ihn.

Unsere gemeinsame Chemie.

Diesen schönen Moment.

Alles an unserer Verbindung war perfekt und richtig und beruhte zu einhundert Prozent auf Gegenseitigkeit.

„Daciana", hauchte er. Sein Schaft besaß mich vollständig. Ich klammerte mich an ihn und drängte ihn, sein Tempo zu erhöhen, tiefer in mich einzudringen, an die Stelle zu stoßen, die ich am meisten begehrte.

Und er tat es.

Er gab alles für mich.

Seine Lippen streichelten meine, wanderten an meiner Wange entlang und seine Zähne streiften meinen Kiefer.

„Ja, ja", ermutigte ich ihn, im Wissen um seine Sehnsucht, die Bindung, nach der er sich genauso sehnte wie ich. „Tu es", sagte ich ihm. „Mach mich zu deiner."

Den Rest konnten wir später klären.

*Das* war mir am wichtigsten.

Unsere Paarung.

Unsere Zukunft.

Dass unsere Leben zu einem verschmelzen.

„Bist du dir sicher?", fragte er in einem gebrochenen Flüsterton. „Sag mir, dass du dir sicher bist."

„Beiß mich, Alpha", forderte ich stattdessen. Beanspruche mich!"

„Verdammt", stieß er rau aus, und sein Stöhnen rüttelte an jeder Unze meines Seins. Ich vibrierte gegen ihn, meine Ekstase nahm zu.

„Jetzt", flehte ich. „Bitte, Elias. Bitte jetzt. Solange ich noch bei Verstand bin." Denn sobald die Brunst mich erfasste, würde ich mich für Stunden verlieren. Ich würde eine Sklavin der Anforderungen meines und seines Körpers werden, ein schreiender Ball aus Lust und Bedürfnis, den nur mein Alpha befriedigen konnte.

Jetzt hatte ich noch meinen Verstand und ich wollte mich an unsere Vereinigung *erinnern*.

„Bitte", wiederholte ich und krümmte mich in ihm.

Er fluchte noch einmal, sein Mund streifte meinen Hals. „Ich kann nicht ... ich brauche dich zu sehr." Seine Zähne bohrten sich in meine Haut, der scharfe Schmerz fuhr mir die Wirbelsäule herab, als eine Wolke von Euphorie und Wohlgefühl mein Inneres überwältigte, als ein Band mein Herz umschloss.

Ein Band, das mit seinem Namen beschriftet war.

Meine Seele verschmolz mit seiner, unsere Verbindung griff zu und wurzelte tief in uns beiden.

„*Mein*", brummte meine Wölfin, und das Wort kam in gleicher Weise über meine Lippen.

„Mein", stimmte Elias zu und leckte an dem Blut, das meine Schulter hinunterlief.

Er küsste mich mit meiner Essenz in seinem Mund, während er mich mit seiner Zunge und seinem Schwanz fickte und mich an den Punkt trieb, an dem es kein Zurück mehr gab.

Ich schrie, meine Nägel fuhren über seinen Rücken und mein Geschlecht pulsierte im Takt seiner Erregung, als sein Knoten sich festkrallte und mich kopfüber in die Vergessenheit meiner Erregung trieb.

Ein intensives Bedürfnis überwältigte mich wie *nie* zuvor. Selbst als ich kam, wollte ich mehr. Sein Samen reichte nicht aus, um meine innere Bestie zu beruhigen.

Meine Lippen umklammerten seine, meine Zähne streiften seine Lippe und bissen zu, als die Qualen mich in zwei Teile rissen. Ich brauchte ihn, um mich härter zu ficken, um mich in meinem Nest zu nehmen, um mich in eine andere Welt der Existenz zu stoßen.

Seine Hände waren überall, seine Finger erforschten mich.

Aber es war nicht genug.

Ich weinte.

Wimmerte.

Bettelte um mehr.

Verlangte, dass er mich ficken sollte, sobald sein Knoten verschwunden war.

Schrie, dass er mich besteigen solle.

Ich erkannte mich kaum wieder, verstand kaum, dass meine Hände jetzt im Bettzeug steckten, meine Knie halfen mir, mich auf allen Vieren zu balancieren, während er von hinten in mich eindrang.

„Ja, genau so", stöhnte ich und drückte mich mit einem weiteren harten Stoß gegen ihn.

Seine Brust bedeckte meinen Rücken, seine Lippen an meinem Hals, seine Zähne in meiner Haut, während ein köstliches männliches Knurren gegen meinen Hals vibrierte.

Ich fühlte mich besessen.

Genommen.

Völlig kontrolliert.

Ich liebte es, sehnte mich nach mehr, brauchte ihn, um mich fester zu packen und verdammt nochmal zu *stoßen*.

Oh, genau das tat er. Seine Hände umklammerten meine Hüften, neigten das Becken in einen Winkel, der mich in eine ganz neue Ebene der Lust führte. Eine, auf der ich hoch und weit flog und auf dem Weg nach unten seufzte.

Verlockende Wellen kühlten meinen heftigen Hunger und erlaubten mir zu bemerken, wie mein Gefährte mich schützend in seinen Armen hielt, während sein Samen in mich hineinfloss.

Wir lagen auf der Seite, mein Kopf lehnte an seinem Arm und sein verschwitzter Oberkörper war um meinen Rücken geschlungen. *Löffelchenstellung*, dachte ich schwindlig. *Wir machen Löffelchen.*

Wärme breitete sich in meinen Adern aus, kitzelte meine Sinne und mein Inneres erwachte mit neuem Durst.

Er brachte mich mit einem beruhigenden Grollen zum Schweigen, das meine Instinkte beruhigte. Ich gähnte, ein

Teil von mir bemerkte die Sonne, die den Himmel draußen erhellte.

*Wie lange haben wir schon gefickt,* fragte ich mich unwillkürlich.

Meine schmerzenden Glieder und mein Inneres ließen vermuten, dass es schon Stunden sein mussten. Vielleicht sogar Tage.

Hm, aber wir waren noch nicht fertig. Wir erreichten gerade den Höhepunkt unseres Verlangens.

Ich wollte mehr.

Wollte ihn schmecken.

Meine Finger verschwanden zwischen meinen Schenkeln, suchten die Säfte unserer gemeinsamen Erregung und brachten den dekadenten Geschmack an meine Lippen. Ich stöhnte auf und wölbte mich in ihn hinein.

„Verdammt, du bist unersättlich", warf er mit einem heiseren Lachen ein.

Ich wimmerte als Antwort und drängte mich in einer bedürftigen Art und Weise gegen ihn, was mir einen Klaps auf meinen Po einbrachte und noch mehr von diesem köstlichen Schnurren.

Ich wälzte mich gegen ihn, krümmte mich, *brauchte* es.

Seine Lippen bahnten sich einen feuchten Weg meinen Hals hinauf, seine Zähne streiften meine Ohrmuschel. „Sag mir, was du willst, Baby. Schrei es für mich."

„*Alles*", keuchte ich. „Nimm mich überall."

Er glitt aus meiner Spalte und tat genau das, was ich wollte. Er glitt zwischen meine Pobacken. „Hier?", fragte er, sein Atem heiß an meinem Hals.

Hm, ich wusste, dass das kommen würde. Er hatte mich seit Stunden langsam mit seinen Fingern verwöhnt und mich darauf vorbereitet, ihn zu nehmen. Obwohl ich seinen Knoten bevorzugte, wollte ich auch dies erleben. „Bitte", sagte ich und stieß mich gegen ihn. „Fick mich."

„Wo soll ich dich ficken?", fragte er während seine Hand zu meiner pulsierenden Knospe glitt, um sie zu verwöhnen. „Sag mir, wie du es willst und wo ich dich ficken soll."

„In meinen Arsch, Elias", zischte ich. „Ich will dich überall spüren. Immer. Mach mich in jeder Hinsicht zu deiner."

„Du gehörst mir schon", erwiderte er und drang mit einer schnellen Drehung seiner Hüfte in mich ein.

Ich schrie bei der plötzlichen Fülle auf, die ganz anders war, als wenn er mich auf die normale Art nahm, aber es war erstaunlich. Er fuhr fort, meine Mitte zu streicheln, sein Daumen übte genau den richtigen Druck aus, um die Reibung zu erzeugen, die ich brauchte.

„Elias", wimmerte ich, sein Eindringen brachte mich an einen weiteren dieser verruchten Orte, nach denen sich mein Körper sehnte.

Hart.

Brutal.

Ich begegnete jedem seiner Stöße mit einer unsterblichen Begierde und ich drohte in die Welle der Befriedigung einzutauchen, was ich unbedingt aufhalten wollte, um mehr davon zu bekommen.

Tränen bedeckten meine Wangen.

Seine Berührung machte mich wahnsinnig.

Er kniff in meinen Kitzler, drehte ihn scharf und zwang mich, meinen Orgasmus aus meinem tiefsten Innersten heraus zuzulassen. Sein Name verließ meine Lippen in einem Schrei und meine Kehle schmerzte von all den Lauten, die ich während unserer gemeinsamen Zeit von mir gab, aber ich konnte nicht aufhören zu schreien. Sein Stöhnen der Befriedigung war Musik in meinen Ohren, als er tief in meinem Arsch kam.

Kein Knoten.

Es war dafür nicht der richtige Ort.

Was bedeutete, dass er sich schnell erholen würde und mich wieder nehmen könnte.

Und wieder.

Und noch mal.

„Mein Mund", sagte ich und schnappte nach Luft. „Du musst meinen Mund ficken."

„Das werde ich", versprach er. „Sobald ich dich erneut um meinen Schwanz kommen gespürt habe."

„Hmm", murmelte ich und war zufrieden mit dieser Antwort.

Meine Hände wanderten zu dem Bettzeug, das uns umgab, und mein Bedürfnis, unseren Kissenhimmel neu zu arrangieren, übernahm die Oberhand. Es musste das Richtige für unsere nächste Paarung sein, die perfekte Position.

Die Fülle in meinem Hintern verließ mich, als Elias sich auf den Rücken rollte. Ich kletterte über ihn, während sein Samen aus der Spalte meines Hinterns sickerte.

Er würde mich wieder dort nehmen müssen, um sicherzustellen, dass ich in jeder Hinsicht ihm gehörte.

Ich würde es genießen und mehr verlangen, bis ich mich vollständig mit seinem Samen gefüllt fühlte und zufrieden war, dass wir in jeder Hinsicht vereint waren.

Seine dunklen Augen glitzerten zu mir auf, als meine Brüste seine Brust berührten und ich das Kissen unter seinem Kopf aufschüttelte. „Das nächste Mal werden wir so ficken", erklärte er. „Während du mich reitest."

Mit einem leisen Laut der Zufriedenheit willigte ich in diesen Plan ein und setzte dann meine Arbeit fort, unser Nest zu bauen, während er mit einem Waschlappen einige der restlichen Flüssigkeiten von unseren Körpern entfernte.

Als sich sein Schwanz schließlich gegen seinen Oberschenkel rührte, nahm ich sein Angebot an und ritt ihn.

Er stöhnte auf und die Sehnen seines Halses wurden

sichtbar, als er seinen Kopf in der perfekten Zurschaustellung seiner Sinneslust zurückwarf. Ich vergewisserte mich, dass ich ihn vollständig in mir aufgenommen hatte, bevor ich mich hinunterbeugte, um in den starken Muskel seines Halses zu beißen, weil ich mich danach sehnte, ihn auf die gleiche Weise zu markieren, wie er mich markierte. Er zuckte überrascht zusammen, aber das hinderte meine stumpfen Zähne nicht daran, in seine Haut einzudringen.

Ich lehnte mich zurück, zufrieden mit der Art, wie sein Blut auf meine Lippen verschmiert war, und begann zu reiten, so wie er es wollte.

Nur allzu bald kamen wir wieder im Gleichschritt und der Teil von ihm, nach dem ich mich am meisten sehnte, klammerte sich an mein Inneres und ergoss seine Essenz in meinen Schoß.

Wir fickten weiter und weiter. Wir spielten und prägten uns gegenseitig auf jede nur mögliche intime Weise. Ich schluckte seinen Samen und liebte es, wie sein Knoten an der Basis seines Schafts pulsierte, wenn ich ihn tief in meinen Mund nahm. Wir fickten in den verschiedensten Stellungen, er oben, ich auf ihm, gegen das Kopfteil, in meinen Arsch. Einmal hing ich vom Bett und stützte mich mit den Händen auf dem Boden ab, mit meinen Beinen in der Luft. Ein anderes Mal mit meinem Gesicht im Bett vergraben, wo er mich zwang, unsere Liebessäfte aufzulecken, während er mich von hinten fickte.

Auf jede erdenkliche Weise.

Er führte mich in eine Welt der Glückseligkeit ein, wie ich sie mir nie hatte vorstellen können.

Markierte mich als sein Eigentum.

Erlaubte mir, ihn in gleicher Weise zu beanspruchen.

Schrie.

Stöhnte.

Wir fickten uns in die Ohnmacht, bis schließlich, Tage später, mein Rausch nachzulassen begann und der Schmerz in meinen Muskeln von der endlosen, harten Benutzung überhand nahm.

Falls Elias ähnlich empfand, zeigte er es nicht. Aber er ertrug die Kratzer meiner Nägel, die Bissspuren meiner Zähne und die Rötung unserer Körper, die in einer Explosion von Wildheit und Gewalt zusammenkamen.

Ich keuchte unter ihm, mein letzter Orgasmus rollte in einer Welle aus Lust und Schmerz über mich hinweg.

„Hmm, da ist meine Daciana", murmelte er und fuhr mit seiner Nase an meinem Wangenknochen entlang. „Meine wunderschöne, definitiv schwangere Gefährtin."

Mein Herz blieb bei seinen Worten stehen.

*Schwanger?*

Ich fasste mir an den Bauch und versuchte, mich zu konzentrieren, aber Besessenheit der Lust versuchte immer wieder, mich in den Bann zu ziehen, mich noch ein wenig länger in der Brunst zu halten.

„Ich kann meinen Samen in dir spüren", flüsterte er und seine Lippen streichelten mein Ohr. „Wir haben gemeinsam ein Leben erschaffen, Daciana."

„Bist du dir sicher?", fragte ich mit rauer Stimme, meine Brust brannte vom Luftmangel. Ich sollte einatmen, aber ich konnte nicht. Nicht jetzt. Nicht, bis ich es *wusste*.

„Ja", sagte er und lächelte gegen meinen Mund. „Ich bin mir sicher."

Freude sprudelte aus mir heraus, meine Lungen blähten sich mit einem scharfen Einatmen auf und verließen mich mit einem Geräusch, das halb Lachen, halb Schluchzen war.

*Unsere Wölfe sind füreinander bestimmt,* dachte ich und war außer mir vor Aufregung. „Wir sind Gefährten."

„Ja, Baby. Das sind wir", stimmte er zu und eroberte

meine Lippen in einem Kuss, der jeden Zentimeter meiner Seele brandmarkte. „Du gehörst mir."

„Und du bist mein", hauchte ich, und ein Hochgefühl, wie ich es noch nie erlebt hatte, durchwärmte mich von Kopf bis Fuß. „Mein Elias."

„Mein Daciana."

Ich kicherte. „Ich mag es, wie das klingt."

„Ich auch", sagte er sanft und stupste meine Nase. „Und ich liebe es, wie es sich anfühlt."

„Hmm, ja", stimmte ich zu und seufzte erfüllt. „Weißt du, was ich noch liebe?"

„Was?" Mit einem sinnlichen Blick lächelte er auf mich herab und balancierte sich mit seinen Ellenbogen auf beiden Seiten meines Kopfes aus.

„Dich", gab ich zu. „Ich liebe dich."

Ein atemberaubendes Lächeln zierte seine Gesichtszüge und raubte mir erneut die Luft zum Atmen. „Ich liebe dich auch, Daciana aus dem Andorra Sektor."

Meine Lippen öffneten sich, die Korrektur lag mir auf der Zunge, bis mir klar wurde, dass sie gar nicht korrigiert werden musste.

Denn ich war offiziell Daciana aus dem Andorra Sektor, genau wie er gesagt hatte.

Gefährtin von Kommandant Elias.

Schwanger mit seinem Kind.

Eine Ash Wolf Omega, beansprucht von einem X-Clan Alpha.

Unermessliches Glück strömte durch meine Brust, als ich meine Arme um ihn schlang. „Liebe mich, Gefährte."

„Nach tagelangem Ficken ist das die erste Bitte meiner Gefährtin?", fragte er und klang amüsiert. „Hm, du bist wirklich für mich gemacht, nicht wahr?"

Ich wölbte ihm meine Hüften entgegen, meine Augenbrauen fordernd hochgezogen. „Jetzt, Alpha."

„So anspruchsvoll, meine Omega", sinnierte er und knabberte an meinem Kinn. „Gut, dass ich weiß, wie ich deine Bedürfnisse befriedigen kann."

„Beweise es", wagte ich zu sticheln.

„Oh, das habe ich vor, Baby." Seine Lippen wanderten zu meinem Ohr. „Jetzt schrei, Daciana. Zeig dem ganzen Sektor, dass du mir gehörst."

# EPILOG

# ELIAS

*Eine Woche später …*

DACIANA SAß neben mir am Ratstisch, die Hände sittsam im Schoß verschränkt. Ich griff nach einer und drückte sie sanft, bevor ich ihr einen Kuss auf die Schläfe hauchte. „Es wird alles gut, Baby", flüsterte ich.

Sie nickte, ihre Lippe zwischen den Zähnen eingeklemmt.

Ander saß an meiner anderen Seite, der Bildschirm vor uns war schwarz, während wir auf das Erscheinen des Shadowlands Sektor Alpha warteten.

Daciana dem Rat vorzustellen war ätzend und ihre Fragen aufdringlich. Aber sie hatte alles gelassen hingenommen, ihre Atmung war gleichmäßig und ihr Herzschlag ein ruhiger Takt in meinen Ohren. Nicht einmal Enzo oder Artur hatten sie aus der Ruhe gebracht.

Doch Dušan war eine ganz andere Sache.

Als Ander vorschlug, dass Daciana für das Telefonat bleiben sollte, beschwerte sie sich nicht. Ich hätte sie fast aus dem Raum gebracht, aber sie hatte mir versichert, dass sie damit umgehen konnte und das ihre Anwesenheit hier *erforderlich* sei.

Sie behielt recht.

Damit der Deal zustande kam, musste der Andorra Sektor beweisen, dass wir unseren Teil der Abmachung einhielten und Daciana in einer sicheren Umgebung war.

Jetzt, da wir wussten, dass Ash Wolf Omegas und X-Clan Alphas tatsächlich zueinander passten, musste diese Vereinbarung funktionieren.

Der Rat hatte Daciana mit Gier in den Augen angeschaut, ihre Sehnsucht war spürbar. Allein die Aussicht, dass Ander ihnen Omegas für die Paarung liefern könnte, hatte sie dazu gebracht, sich vor ihrem Vorgesetzten fast zu verbeugen.

Nun, fast alle von ihnen.

Artur und Enzo hatten ihre eigene Meinung, die die Mehrheit zum Glück nicht teilte. Es war schwer für die Alphas, das Potenzial zu leugnen, als wir ihnen meine schwangere Gefährtin präsentierten. Unsere Früherkennungstechnologie bewies, was meine Wölfin bereits wusste, für diejenigen, die sich nicht auf ihre Sinne verlassen wollten. Ein einfaches Beschnuppern bestätigte, dass meine Gefährtin schwanger war. Ceres lieferte nur einen zusätzlichen Beweis für diejenigen, die im Hintergrund Ärger machten.

Dušan erschien mit einem Baum über der Schulter auf dem Bildschirm. Er nahm diese Anrufe nie von einem Büro aus entgegen. Ich war mir nicht einmal sicher, ob er eins hatte.

„Ander", grüßte er.

„Dušan", antwortete der Andorra Sektors. „Wir haben unsere Untersuchungen abgeschlossen."

Der Alpha des Shadowlands Sektors nickte und seine hellblauen Augen wanderten zu Daciana. „Du siehst gut aus, Kleine. Ich hoffe, das bedeutet, dass sie dich verantwortungsvoll behandeln?"

„Besser als die Alphas zu Hause", murmelte sie leise vor sich hin.

Dušan wölbte eine Braue. „Es tut mir leid. Das habe ich nicht verstanden."

Oh, er hatte es sehr gut verstanden. Er gab ihr nur eine Chance, ihre Haltung zu korrigieren, bevor sie sich wieder an ihn wandte.

Ich drückte erneut ihre Hand, diesmal als sanfte Warnung. Den Mann, mit dem Ander verhandeln wollte, zu verärgern, würde für keinen von uns gut ausgehen.

Sie räusperte sich und begann erneut. „Ich habe Elias als meinen Gefährten gewählt, und ich bin mit seinem Kind schwanger."

Nicht gerade eine Antwort auf seine Frage, aber der Alpha schien sie mit einem Nicken zu akzeptieren. „Ich nehme an, der Aspekt des Werbens in unserer Vereinbarung wurde eingehalten?"

Diesmal kräuselten sich ihre Lippen leicht, ein Hauch von Rosa streifte ihre Wangen. „Ja, Sir. Elias hat sich als höchst würdiger Gefährte erwiesen."

Ich küsste ihre Schläfe und dankte ihr im Stillen für die Freundlichkeit ihrer Worte. „Ich liebe dich", flüsterte ich in ihr Ohr.

„Ich liebe dich auch", erwiderte sie und ihre blauen Augen funkelten, als sie meinen Blick erwiderte.

Es kostete mich körperliche Beherrschung, sie nicht in meine Arme zu ziehen und sie zu verschlingen. Sobald dieses Treffen beendet war, konnte ich sie nehmen. Und das würde ich auch. Vielleicht sogar auf dem Tisch, nur damit Enzo und Artur es bei unserem nächsten Treffen riechen mussten.

„Ich hatte vor, ein privates Treffen mit Daciana zu beantragen, um mich von ihrer ungezwungenen Zuneigung zu überzeugen, aber wie ich sehe, wird das gar nicht nötig sein", sinnierte Dušan und richtete seinen Blick auf mich. „Sie hat gut gewählt."

„Das hat sie", stimmte ich zu, denn wie könnte ich das nicht? Sie hatte sich für mich entschieden, und ich wollte es nicht anders haben. „Aber du kannst sie trotzdem gerne privat befragen, wenn sie damit einverstanden ist."

„Das ist nicht nötig", sagte sie, wobei ihr Tonfall an Stärke und Intensität zunahm. „Ich habe ihn gewählt. Er hat mich gewählt. Wir sind gepaart. Ich glaube, auch die anderen Omegas werden fair behandelt, solange Ander Alpha des Andorra Sektors ist."

Mein bester Freund schaute sie kurz überrascht an, bevor er sich auf Dušan konzentrierte. „Ich habe diesen Sektor fast ein Jahrhundert lang verwaltet. Ich habe nicht vor, in nächster Zeit damit aufzuhören."

„Das wollen wir auch hoffen", erwiderte der Ash Wolf Alpha. „Du bist der einzige X-Clan Alpha, mit dem ich verhandeln will."

Ander nickte. „Gleichfalls." Er räusperte sich. „Nun, wie du siehst, war unser Experiment ein Erfolg. Wir sind bereit, mit dem Rest der Transaktion fortzufahren."

Neun weitere Omegas im Tausch gegen eine Unmenge an fortschrittlicher Technologie, einschließlich Transport- und Gesundheitsmittel.

Wir hatten bereits eine kolossale Lieferung im Austausch für Daciana geliefert. Jetzt würden wir diesen Export mit neun multiplizieren, im Austausch für die Ash Wolf Omegas.

Es war der erste Schritt von vielen in unserem Versuch, das Ungleichgewicht zwischen Männchen und Weibchen im Andorra Sektor zu stabilisieren. Wenn Ander erfolgreich wäre, würde er seinen Platz an der Spitze für mindestens ein weiteres Jahrhundert sichern, wahrscheinlich länger, da Wölfe sehr lange lebten.

Er musste nur seine eigene Paarung in den Griff bekommen, denn er stank nach Unzufriedenheit.

Was auch immer für ein Zwiespalt zwischen ihm und Katriana bestand, war definitiv ein Problem. Eines, von dem ich ihm sagte, er müsse es lösen, sobald unser Gespräch mit Dušan beendet war.

„Ich arbeite daran", war alles, was Ander sagte, bevor er in Richtung der Aufzüge davon stakste.

Daciana stand neben mir und folgte dem verärgerten Alpha mit ihrem Blick, wobei sie die Augenbrauen nach unten zog. „Er ist nicht sehr glücklich für jemanden, der sich gerade eine Lieferung von Omegas gesichert hat."

„Weil die Omega, die er haben will, sein Spiel nicht mitspielt", erwiderte ich.

„Dann sollte er vielleicht seine Taktik ändern", schlug sie vor.

„Hoffen wir, dass er das tut", sagte ich und schüttelte den Kopf. „Aber ich bezweifle, dass er das tut." Ander Cain war ein starrköpfiger Wolf, genau wie seine zukünftige Gefährtin.

„Hm, das ist zu schade. Ich mag es, mit dir zu spielen", murmelte Daciana und ihre Finger wanderten mein Hemd hinauf, während sie ihren Körper an meinen presste. „Tatsächlich habe ich schon ein Spiel im Kopf."

Ich schob meine Arme um ihre Taille und war fasziniert. „Was hast du im Sinn, Prinzessin?"

Ihre Augenbraue hob sich und ein verschlagenes Glitzern zierte ihren azurblauen Blick. „Ich renne. Du jagst."

„Oh, das ist mein Lieblingsspiel", gab ich zu.

„Meins auch."

Ich presste meine Lippen auf ihre und gab ihr einen Vorgeschmack auf das, was gleich passieren würde, indem ich meine Zunge gegen ihre gleiten ließ. „Ich gebe dir einen fünfminütigen Vorsprung", flüsterte ich.

„Ab dem Zeitpunkt, an dem wir die untere Etage

erreichen", sagte sie und fügte eine clevere Bedingung zu unseren Regeln hinzu.

Ich grinste. „In Ordnung."

Sie zog ihre Zähne an meinem Kiefer entlang, ihr Ausdruck leuchtete vor Erregung. „Lass uns gehen."

Ich folgte ihr in den Aufzug und küsste sie auf dem ganzen Weg nach unten. Dann sah ich gierig zu, wie sie sich auszog und ihre Kleidung auf einen Haufen warf. Ich warf meine Kleidung obendrauf und es war unwichtig, ob wir die Kleidung wiederfinden würden, wenn wir zurückkamen.

Dann trat ich auf nackten Füßen ins Erdgeschoss, während ihr Pelzmantel meine Oberschenkel streifte. „Lauf schnell, Daciana", sagte ich ihr leise und ließ die Schultern rollen. „Deine fünf Minuten beginnen jetzt."

Sie rannte zu den Türen, und die Sicherheitsleute öffneten sie ihr mit amüsiertem Gesichtsausdruck.

Genau fünf Minuten später rannte ich ihr auf vier Beinen hinterher, meine Nase folgte der Spur, die ihr süßer Duft hinterließ.

*Mein*, knurrte mein Wolf, begeistert von dem Lieblingsspiel meiner kleinen Gefährtin.

Denn wenn ich sie fand, würde ich den größten Preis von allen erhalten.

*Meine Gefährtin ...*

## Das X-Clan-Universum geht weiter mit Pfeil des Winters

*Wahre Liebe ist ein Mythos.*
*Ein Trick.*
*Ein Weg, die Heldin zu unterwerfen und ihr alles wegzunehmen.*

### Winter Snow

Meine „wahre Liebe" hat sich mit meiner Stiefmutter
verbündet, um mich töten zu lassen und meinen Thron zu
stehlen.

Aber sie haben versagt.
Ich habe mich zurückgezogen und meinen Rachefeldzug
vorbereitet. Ich bin nicht mehr die junge Frau, für die sie
mich einst hielten. Ich komme, um sie zu holen.
Und um mein Königreich zurückzuerobern.

Wer braucht schon Zwerge, wenn man Wölfe hat?

Wer braucht schon Klingen, wenn man Pfeile hat?

Mein Name war Winter Snow.
Jetzt nennt man mich Winters Arrow.
Denn, ich bin hier, um sie alle zu vernichten.

**Kazek Flor**
Ich bin kein Prinz, sondern ein Alpha. Ich nehme mir, was ich will, wann ich es will.
Als ich eine sterbende Omega Prinzessin in den Wäldern finde, nehme ich sie mir und mache sie zu meiner.

Ich werde sie trainieren und sie ermutigen. Ich werde ihr helfen, ihre Rache auszuüben, die ihr zusteht.

Dann werden wir gemeinsam den Wintersektor und die Königin der Spiegel stürzen.

*Lauft schneller, kleine Wölfe.*
*Eure ehemalige Prinzessin ist dabei, sich mit mir an ihrer Seite zu erheben.*
*Und uns dürstet es nach eurem Blut …*

**Anmerkung der Autorin:** Dies ist eine eigenständige Schneewittchen-Nacherzählung und im X-Clan Omega-Verse angesiedelt.

*Wo die X-Clan-Reihe begann …*
*Andorra Sektor*

### Katriana Cardona

Mein Leben endete in dem Moment, als die X-Clan Wölfe
mich fanden.

Mich Bissen.
Mich Verwandelten.
Und mich für ihren Clan beanspruchten.

Meine genetischen Marker kennzeichnen mich als eine
seltene Omega, aber geistig bin ich eine Alpha-Wölfin.
Ich werde mich nicht unterwerfen. Nicht einmal für den
Alpha des Andorra Sektors.

Ander Cain verspricht mir Schutz.
Eine neue Welt voller Vergnügen und Schmerz.
Im Gegenzug will er mich besitzen.

Selbst, wenn es bedeutet, mich mit Gewalt zu nehmen.
Ich soll verdammt sein, wenn ich mich ohne Kampf ergebe.
Ich habe die letzten 20 Jahre damit verbracht, gegen
Zombies zu kämpfen. Diese Wölfe wissen gar nicht, wie
ihnen geschieht, bis ich mit ihnen fertig bin.

### Ander Cain
Mein Leben begann in dem Moment, als ich sie fand.
Meine süße kleine Gefährtin.
Sie ist die Naturgewalt, die der Andorra Sektor braucht, um
uns Hoffnung auf eine Zukunft zu geben. Einen Grund,
weiterzumachen und unser Land vor der Zombie-Plage zu
schützen.

Doch sie weigert sich, nach unseren Regeln zu spielen.

Geboren in einer Zeit, in der Menschen alles tun, um zu
überleben, ist sie nicht an die Rudelhierarchie oder die
Gesetze gewöhnt, an die sich unsere Art hält.
Oh, aber sie wird es lernen.
Und ich werde es sehr genießen, derjenige zu sein, der sie
schult.

Katriana Cardona kann gegen mich kämpfen, so viel sie will,
aber am Ende wird sie mir gehören.
Ob sie sich unterwirft oder nicht.

Möchten Sie herausfinden, was mit Dušan und seiner entlaufenen Omega passiert ist?

**Schauen Sie sich den Shadowlands Sektor von Mila Young an:**

**Starke Beschützer. Schicksalsgefährten. Und ein tödliches Geheimnis.**

**Sie nennen mich eine Ausgestoßene, schwach.**

Ich habe mein ganzes Leben lang ums Überleben gekämpft, bin vor einem Angriff auf meine Familie geflohen und habe mich schließlich bei den Ash-Wölfen versteckt. Dieser eine Schritt könnte mein größter Fehler von allen sein. Und ich bin die Königin der Fehler ...

Ich lasse sie glauben, dass ich kaputt bin, lasse sie die Lügen glauben. Ich lasse sie glauben, was sie wollen ... solange es nicht die Wahrheit ist.

Da ist ein Monster in mir, eines aus Zähnen und Klauen und schrecklichem Verlangen. Ich schlucke es hinunter, verstecke mich unter dem Vorwand, normal zu sein. Aber ich bin nicht normal. Ich bin alles andere als das.

Eine Bindung ist das Einzige, was uns retten wird - mich und das Ash-Rudel. Nur brauche ich jemanden, der stark genug ist, die Dunkelheit in mir zu bekämpfen ... und wild genug, um zu bleiben.

Werden die rücksichtslosen Wolfwandler mir helfen, wenn sie die Wahrheit darüber herausfinden, was ich bin?

*Dies ist Buch 1 einer paranormalen Romantrilogie für alle, die starke Beschützer, Wolfswandler und heiße Szenen lieben.*

### Ash Wölfe Reihe
Von Wölfen Verführt
Von Wölfen Beansprucht
Von Wölfen Besessen

# DANKSAGUNGEN

Danke, Matt, für all deine Liebe und Unterstützung. Du wirst immer meine Nummer 1 sein.

Dieses Buch wäre ohne mein Alpha/Beta-Team nicht möglich gewesen: Katie, Allison, Jean, Tracey & Joy. Vielen Dank an euch alle, dass ihr es gelesen und mich überzeugt habt, diese Novelle zu veröffentlichen.

Bethany: Danke, dass du Zeit für das Lektorat dieses Projekts gefunden hast. Ich schätze dich mehr, als du ahnst!

Louise & Diane: Ihr beide seid meine Felsen. Danke, dass ihr mir die Freiheit gebt, mich zu verstecken und zu schreiben. Ohne euch würde X-Clan: Das Experiment nicht existieren.

Chas & Kathy: Danke, dass ihr meinen chaotischen Zeitplan der Veröffentlichungen organisiert! Ihr seid beide unglaublich.

Und an die Leser: Danke, dass ihr meine allererste Novelle gelesen habt. Es hat sehr viel Spaß gemacht, sie zu schreiben, und ich hoffe, Ihr habt Daciana und Elias genauso genossen wie ich.

Bis zum nächsten Mal … xx

*USA Today* Bestsellerautorin Lexi C. Foss ist eine Schriftstellerin, verloren in der Welt der Computer. Sie lebt in Chapel Hill, North Carolina mit ihrem Mann und ihren haarigen Gesellen. Wenn sie nicht gerade schreibt, ist sie mit Sicherheit auf Reisen. Viele der Orte, die sie schon besucht hat, lassen sich in ihren Büchern wiederfinden, einschließlich der mystischen Welt von Hydria, die auf der griechischen Insel Hydra basiert.

Lexi ist ein bisschen verschroben, trinkt viel zu viel Kaffee und schwimmt gern.

Würden Sie gern über Neuerscheinungen informiert werden? Dann tragen Sie sich für ihren Newsletter ein: https://www.lexicfoss.com/deutschen-newsletter

Besuchen Sie Lexi im Netz!
https://www.lexicfoss.com/aktuell
www.facebook.com/LexiCFoss
twitter.com/LexiCFoss
www.instagram.com/LexiCFoss
E-Mail: lexicfoss@gmail.com

**Die Blutallianz:**

Chastely Bitten – Keuscher Biss (Buch 1)

Royally Bitten – Königlicher Biss (Buch 2)

Regally Bitten – Majestätischer Biss (Buch 3)

Rebel Bitten – Rebellischer Biss (Buch 4)

Kingly Bitten - Royaler Biss (Buch 5)

**Und auch die folgenden Bücher von Lexi C. Foss werden in Kürze auf Deutsch erhältlich sein:**

*Aus der Reihe »Dark Provenance Series«:*

Daughter of Death – Die Tochter und der Tod (Buch 1)

Paramour of Sin (Buch 2)

Son of Chaos (Buch 3)

Heiress of Bael (Buch 3.5)

Princess of Bael (Buch 4)